스켈레톤 마스터

WISHBOOKS GAME FANTASY STORY
더페이서 게임 판타지 장편소설

스켈레톤 마스터 20

더페이서 게임 판타지 장편소설

초판 1쇄 찍은 날 | 2020년 2월 19일
초판 1쇄 펴낸 날 | 2020년 2월 26일

지은이 | 더페이서
펴낸이 | 예경원

기획 | 위시북스
편집책임 | 이은송
편집 | 위시북스

펴낸곳 | 예원북스
등록번호 | 제396-2012-000132호
등록일자 | 2012. 7. 25
KFN | 제1-513호

주소 | 경기도 고양시 일산동구 호수로 646-24 위너스21II빌딩 206A호 (우)10401
전화 | 031-819-9431 팩스 | 031-817-9432
E-mail | yewonbooks@naver.com

ISBN 979-11-365-1457-8 04810
　　　979-11-89348-43-4 (set)

스켈레톤 마스터
20
WISHBOOKS GAME FANTASY STORY
더페이서 게임 판타지 장편소설
Wish Books

스켈레톤 마스터

··· CONTENTS ···

제1장
두 번째 대결

대부분의 방송국이 환호를 내질렀다.

"미친, 진짜야, 이거?"

"예, PD님! 지금 시청률이 급증하고 있습니다!"

"다른 곳은?"

"알아보겠습니다!"

짧은 대화가 오가고 원하는 답변을 얻은 그가 전화를 끊고는 또 전화를 걸었다. 그러기를 몇 번.

"어, 고맙다. 그래, 다음에 술이나 한잔하자."

모든 사람과 통화를 마친 그는 PD에게 상황을 전달했다.

"PD님. 연락해 본 다섯 군데 모두 순간 시청률이 급증하고 있답니다."

"진짜야?"

"네."

"허, 지금도 꾸준히 오르고 있는데……!"

"전투가 시작되면 더 오르지 않을까요?"

"크크, 이거 완전 대박이군. 개나 소나 다 최강자전 방영한다고 그래서 찌증 났었는데. 잘하면 최고 시청률 갱신도 가능하겠는데?"

"그 정도나 나올까요?"

"뭐, 지켜보면 알겠지. 어, 쉿. 싸우려나 보다."

그때 무혁이 소환수를 전부 불러냈다. 대련장의 넓이가 상당했기에 수백이 넘는 소환수를 수용하고도 남음이 있었다. 빼곡하게 채워진 스켈레톤 무리가 백랑에게 접근한다.

"어우, 시발. 저거 보기만 해도 쫄리는데?"

"PD님, 그게 중요한 게 아니고요!"

"시청률이 아직도 오르고 있어요. 2.3퍼센트라고요, 벌써!"

"미친. 2.3퍼센트?"

"그렇다니까요! 아니, 아니네요! 2.4퍼센트예요. 방금 또 0.1퍼센트 올랐어요!"

"허어."

PD가 감탄을 내뱉는 사이 백랑은 포위되지 않기 위해 이리저리 움직이고 있었다. 틈이 보이지 않는 곳으로 비집고 들어가는 백랑의 몸놀림은 마치 물처럼 부드러웠다. 그러면서도 주변에 있는 스켈레톤을 공격하는 걸 잊지 않았다.

콰아아앙!

주먹질 한 번에 주변 스켈레톤이 동시에 주르륵 미끄러졌다. 연이은 공격은 시도할 수 없었다. 사방에서 뼈 화살이 날아들고 있었기에 가볍게 피하거나 손날로 쳐서 궤도를 틀었다. 모두 피했다 생각한 순간 날아든 않는 무언가.

퍼억.

백랑의 몸이 밀려났다. 그의 눈동자가 거칠게 흔들렸다.

"흐읍……!"

보이지도, 들리지도 않는 화살이 갑자기 날아들었으니 당연했다.

까다롭군.

빠르게 냉정을 찾은 백랑이 급히 앞으로 달려 나갔다. 아머 나이트가 방패를 내리는 모습을 확인하는 순간 그는 지면을 강하게 찼다. 백랑이 방패를 밟고서 높이 뛰어오르자 본 드레이크가 본 스피어를 사용했다. 녀석의 전신을 뒤덮은 날카로운 뼈가 오직 한 명, 백랑을 노린 채 날아갔다.

순간 백랑의 몸이 아래로 훅 하고 내려앉았다.

빗나간 본 스피어.

백랑은 한시도 쉴 수 없었다.

-가속 찌르기! 강한 일격!

이런 공격이야 뻔했다. 그만큼 피하거나 막는 것도 쉬웠고. 다만, 한 가지 예외가 있었다.

콰아아앙!

데스 스켈레톤의 자폭은 백랑으로서도 어쩔 도리가 없었

다. 그나마 내공으로 피해를 흡수했으니 망정이지 아니었다면 상당한 HP가 줄어들었으리라. 그러나 그 내공도 무한하진 않기에 시간이 지날수록 불리해지는 건 백랑이었다.

"크, 보이냐?"
"예, PD님."
"내가 봐도 멋지네. 저 스켈레톤도 어마어마하고. 그걸 상대하는 백랑 저 유저도 대단하고."
"그러게 말입니다."
"그래서, 시청률은 얼마냐?"
"네, 지금 2.7퍼센트입니다. 흐흐. 이러다 3퍼센트 찍겠습니다."
"대박이네, 대박……! 가야지, 그럼. 3퍼센트 가자!"
입이 귓가에 걸린 PD가 모니터에서 눈을 뗀 그 순간, 백랑의 입꼬리가 아무도 모르게 꿈틀거렸다.

◉

드디어 무혁에게로 접근할 수 있는 길 하나가 선명하게 보였다.
찾았군.
가는 도중 일어날 무수한 상황들을 상상하느라 시간이 조금 걸리긴 했지만 아무튼 찾아냈으니 상관없는 일이었다.
어렵게 다가온 기회. 이 한 번에 전력을 쏟아내어 무혁을 쓰러뜨릴 심산이었다.

지면을 강하게 밀어냈다. 정면에 위치한 데스 스켈레톤이 자폭을 시도했다.

콰아아아앙!

솟구친 먼지를 뚫고서 슬라이딩을 하듯 미끄러졌다. 황급히 길을 막으려는 스켈레톤들의 움직임을 파악하자마자 벌떡 일어나 어깨로 강하게 밀었다. 뒤로 한참을 밀려나는 스켈레톤을 타고 달려가면서 날아올라 강하게 차버렸다. 또다시 밀리는 스켈레톤.

속도를 한층 더 높인 후 점프했다. 대비하던 스켈레톤이 순간 멈칫하면서 잠깐의 공백이 드러났다. 그 틈을 노려 광범위 공격 기술을 사용했다. 백랑의 주먹에 깃든 거대한 에너지가 아래쪽 지면을 가격했다. 지면이 산산 조각나 버렸다. 솟구친 날카로운 잔해가 주변 스켈레톤을 뒤덮었다.

퍼서석.

피해가 생각보다 컸다. 백랑의 주먹에 깃든 내공이 잔해에도 깃들어 있었던 탓이었다.

후웅, 탁.

아래로 내려온 백랑은 보이지 않는 시야 속에서 보다 더 넓어진 길을 바라보며 걸음을 내디뎠다. 앞으로 나아가 스켈레톤을 밀어버리고, 던지고, 부서뜨렸다. 날아드는 공격을 피하고, 쳐 내면서 거리를 좁힌다.

멀지 않은 거리. 그러나 가만히 기다릴 무혁이 아니었다.

뒤로 물러서며 공격을 시도하는 그.

스팟.

이번에도 역시 들리지 않는, 그리고 보이지 않는 화살이 날아들었다. 파천신궁 제2초식, 무음사의 위력이었으나 백랑은 이미 한 번 경험을 했던 바가 있었기에 미리 오감을 극도로 끌어올린 상태였다.

온다……!

몸을 트는 순간 바람 같은 것이 스치면서 지나갔다. 피함과 동시에 다리를 휘둘렀다.

퍼억!

한 마리의 스켈레톤이 날아가며 부서졌다.

이제, 조금만 더!

그런데 예상하지 못한 상황이 벌어졌다. 갑자기 스켈레톤이 길을 터준 것. 무수한 상상을 통해서도 보지 못했던 또 다른 길에서 백랑은 머뭇거렸다.

뭐지?

쿠우우우웅!

본 드레이크가 점프하여 넓어진 길에 자리를 잡았다. 어느새 뒤쪽은 아머나이트와 아머기마병, 그리고 데스 스켈레톤으로 빼곡하게 찼다. 앞뒤 모두 길이 막혀 버린 것이다.

피할 곳이 없는 상황. 본 드레이크가 거대한 몸집을 들이밀었다. 자이언트 대시였다.

생각보다 빠른 움직임. 정신을 차리니 어느새 코앞이었다.

흐읍……!

백랑이 급히 내공을 끌어올렸다. 그리고 그대로 다가온 드레이크에 부딪혔다.

"흐아아아아압!"

골리앗과 다윗의 힘 대결이었다. 문제는 다윗이 결코 밀리지 않는다는 점.

"크아아아아아!"

백랑의 신체를 뒤덮은 바람, 솟구치는 기파. 옷자락이 펄럭거리고, 머리털이 삐죽 솟아오른다. 엄청난 힘이 타고 흘러나와 드레이크를 휘감기 시작했다. 곧이어 드레이크의 다리가 지면 깊숙이 박혔다.

꽈드득.

기이한 소리와 함께 백랑이 움직였다.

한 걸음, 또 한 걸음. 사방에서 쏟아지는 각종 뼈 화살과 마법조차 그에게 닿지 않았다. 부르탄의 기파도, 설인의 아이스 스페이스도, 포이즌 오우거의 피어 역시도. 모든 것이 백랑이 만들어낸 강력한 힘에 휩쓸려 사라져 버렸다.

무지막지한 스킬. 그러나 그만큼 유지 시간이 결코 길지 않으리라.

백랑은 날렵했으며 또한 강력했다. 어느새 접근한 그가 녀석을 제압하더니 힘으로 던져 버렸다.

키에에에!

허공에 솟구친 본 드레이크가 급히 균형을 잡은 뒤 본 브레스를 날렸다.

스팟.

엄청난 움직임으로 그것들을 피하는 백랑. 그러나 전부를 피하진 못했다. 마지막 순간 몇 개의 뼛조각에 스치면서 디버프가 걸려 버린 것이다.

그 모습을 확인한 무혁의 눈동자가 차갑게 가라앉았다.

피해를 입혔다고?

그러나 뒤이어 쏟아진 뼈 화살은 백랑에게 피해를 입히지 못했다.

차이가 뭐지?

그러나 파악할 시간은 없었다. 조금 느려진 이동속도, 그리고 지속적인 피해와 스탯의 하락까지. 그 모든 것을 안고서도 백랑은 강했으니까.

하늘로 솟구친 백랑이 드레이크를 무차별적으로 가격했다.

퍽, 퍼버버버벅!

전신이 부서져 버린 본 드레이크. 놈의 뒤로 돌아가 꼬리를 잡고서 아래로 내리찍었다. 허공에 있던 본 드레이크가 무혁이 위치한 곳으로 떨어졌다.

윈드 스텝!

놀란 무혁이 뒤로 물러났다. 그 순간 백랑을 놓쳐 버렸다.

이런……!

일단은 달리는 것을 멈추지 않고 꾸준히 움직이면서 주변을 살폈다. 본 드레이크가 떨어지며 날아간 거대한 뼛조각. 그 뒤에서 백랑이 나타났다.

생각보다 가까운 위치. 질주하기 시작하는 백랑.

거리가 좁혀지기 시작했다. 이동속도가 무혁보다 빠른 탓이었다.

안 되겠네, 피하는 건.

별수 없이 자리에 멈춘 무혁이 검을 뽑았다.

백호보법.

백랑을 맞이할 준비를 했다.

지척에 도달한 백랑. 주먹이 소리 없이 다가온다.

생각보다 느린 속도. 그러나 착각이었음을 곧 깨달았다.

이런……?

간신히 검을 내질렀다고 여겼을 즈음 백랑은 어느새 검신을 타고 흐르듯 다가와 무혁의 가슴 부위를 툭 하고 가격했다. 거짓말처럼 무혁의 몸이 허공으로 붕 하고 떠올랐다.

뭐야?

피해는 크지 않았다. 워낙 체력 스탯이 높고 방어력도 뛰어났기에. 하지만 이어지는 백랑의 공격에 정신을 차릴 수가 없었다. 빨라도 너무 빨랐다.

스킬인가?

냉정함을 찾고 그의 움직임을 주시했다. 막을 수 있는 건 막고, 내어줄 것은 내어주면서.

HP가 꽤 줄어든 무렵 MP를 소모하여 HP를 채웠다.

여전히 빨라.

무혁의 미간이 조금 찌푸려진다.

조급함을 애써 내려놓은 무혁이 방어하며 관찰하는 자세를 고수했다. 무혁만의 대처 방법에 당황한 것은 오히려 백랑이었다.

왜……?

아직도 이렇게 멀쩡한 건지 이해하지 못하고 있었다. 보통의 유저였더라면 이미 몇 번을 죽었어도 이상하지 않을 수준의 피해를 입혔으니까.

끝났군.

백랑의 미간이 일그러졌다.

푹, 푸북, 콰아아앙!

동시에 지금껏 무시하고 있던 기마궁수들의 뼈 화살과 데스 스켈레톤의 자폭, 그리고 아머나이트의 강한일격과 아머기마병의 가속 찌르기가 동시에 후면을 덮쳐왔다.

급히 몸을 틀어 무혁과 거리를 벌렸다.

죽지를 않아. 시간을 벌어야 해.

무혁은 생각보다 더 강했다. 백랑은 스켈레톤의 포위망에 스스로 갇힌 채 시간을 끌기로 했다. 그러나 그걸 지켜만 볼 무혁이 아니었다. 분명히 두 눈으로 확인했기 때문이었다. 백랑의 등에 꽂힌 무수한 공격들이 완벽하게 들어가는 모습을 말이다.

스킬이 끝난 모양인데 이 기회를 놓칠 순 없지.

시야공유를 통해 상황을 지켜보는 한편, 백랑과의 거리를 좁혔다.

시간을 지체해 봐야 의미가 없는 터. 최대한 빠르게 다가갔다. 그러자 눈치를 챘는지 백랑이 뒤쪽 스켈레톤을 빠르게 처리하고는 그곳으로 몸을 빼냈다. 무혁은 윈드 스텝을 사용하여 속도를 높인 뒤, 적당한 거리에서 하늘로 뛰어올랐다. 시위에 화살을 걸고 백랑을 겨냥했다.

파아앙!

연이어 쏟아지는 몇 대의 화살.

아래로 하강하면서 빅 스켈레톤의 어깨를 밟고 다시 한번 뛰어올랐다.

백호검법 제2초식, 백호파.

한 줄기의 빛이 되어 나아가는 무혁. 그 모습을 보던 백랑이 자세를 잡더니 양손을 내뻗었다. 물이 흐르는 모양처럼, 혹은 용이 승천하는 모양처럼 손을 부드럽게 저으며 공간을 제압해 버렸다. 그 공간에 부딪힌 무혁은 순간 몸에서 힘이 빠짐을 느꼈고.

[스킬이 실패하셨습니다.]

어……!

처음으로 겪는 상황에 당황스러운 표정을 감추지 못했다. 그러나 흔들림은 잠시, 자세를 빠르게 추스르고 공격을 이어갔다.

백호보법. 백랑의 공격을 회피한 후 측면으로 돌아가 검을 그었다. 순간 다가온 주먹이 검면을 때렸고 그 힘에 검을 든 손이 위로 튕겼다.

고스란히 드러난 상체. 무혁의 품으로 파고든 백랑이 주먹을 연이어 가격했다.

물론, 무혁도 가만히 당하지만은 않았다. 주변에 위치한 무수한 스켈레톤들이 백랑을 공격하라 명령했다. 게다가 이번에는 그 공격이 모두 통했다.

두 사람이 비슷한 피해를 입은 상황. 유리한 것은 무혁이었다.

콰앙!

그 사실을 백랑도 알고 있었기에 급히 무혁을 뒤로 날려 보냈다. 그 뒤 곧바로 뛰어올라 스켈레톤의 어깨를 밟으며 빠르게 이동했다.

그런 백랑을 향해 손을 뻗는 무혁. 마나 드레인.

[내공을 MP로 전환하여 흡수합니다.]

뭔가 엄청 이득을 본 기분이었다.

백랑은 날아드는 뼈 화살에 멈칫하기도 하고 마법에 뒤로 밀려나기도 했지만 포기하지 않았다.

조금만 더.

굳은 표정으로 시간을 체크했다.

후우웅.

순간 불어온 바람에 고개를 돌렸다. 무혁이 다가오고 있었다. 아래로 내려가 대기한 후 그와 부딪혔다.

카강, 카가가각!

무수한 공격을 주고받았다. 당연히 백랑이 압도했다. 스탯은 무혁이 높았지만 백랑은 흐름과 타이밍, 그리고 어떻게 공격해야 할지를 알고 있었다. 심지어 보이지 않는 자그마한 틈마저 거대하게 넓히는 재주가 있었고 무혁으로서는 속수무책일 수밖에 없었다.

그러나 이곳은 게임. 어떤 방법을 써서라도 이기면 그만이었다. 게다가 무혁의 머릿속엔 꽤나 많은 방법이 존재했고 말이다.

익스체인지로 HP를 채운 후, 백랑을 부여잡았다.

데스 스켈레톤, 자폭!

콰아아아아이앙!

백랑의 표정이 일그러졌다. 그러나 무혁은 그를 놓아주지 않았다. HP가 반으로 떨어질 때까지 자폭으로 함께 피해를 입었다. 백랑이 몸을 비틀었다.

"크아아아!"

무혁은 그제야 그를 놓아줬다. 더 잡고 있기는 버거웠다.

"후우."

백랑이 다시 물러났다.

익스체인지, HP를 채운 후 그를 쫓아갔다.

마나 드레인, 내공을 빼앗기도 했고 말이다.

부딪히고, 물러나고. 그렇게 10분 넘게 사투를 벌였다. 이제 끝이 날 때가 되었다 싶은 순간이었다.

스윽.

백랑이 천천히 몸을 돌렸다.

멍하니 바라볼 수밖에 없었다.

"어, 시, 시청률은……?"

"3.5퍼센트입니다, PD님."

방송국 사람들도 마찬가지였다. 시선을 뗄 수가 없었다. 무혁과 백랑, 둘의 전투가 그 정도로 치열했으며 또한 처절한 까닭이었다.

"그래, 그만 알아봐도 돼. 그냥 구경이나 하자, 우리도."

멍하니 전투를 바라본다. 오히려 두 눈으로 직접 바라보는 것보다 더 화려했다. 높고 넓게 보여주고, 때로는 좁으면서도 가깝게 보여줬기에. 긴장감에 절로 땀이 났다.

"후아……!"

시간이 지나면서 분위기가 무혁에게로 넘어갔다. 그제야 긴장감이 조금씩 풀렸다.

"어우, 대단하네. 진짜."

"그래도 확실히, 무혁 유저가 이기겠네요."

"그렇지."

그 순간 백랑이 자리에 멈췄다.

"어, 어어……!"

스치듯 지나간 장면, 처음 보여줬던 그 모습과 똑같았다.

"저, 저거 그거 맞죠?"

"어, 어어. 맞네, 맞아!"

솟구친 머리카락과 뿜어지는 기세만으로도 알 수 있었다.

다시 한번, 그 말도 안 되는 스킬을 백랑이 사용했다는 사실을 말이다. 예상대로 백랑은 더 이상 스켈레톤이 퍼붓는 공격을 피하지 않았다.

스팟.

다만 압도적인 속도로 무혁에게 달려들 뿐이었다.

백랑으로선 최후의 전력이라 할 수 있었다.

지금이 아니라면 필패. 그렇기에 사력을 다해 몰아붙였다.

빛처럼 번쩍이는 움직임. 제대로 반응하지 못하는 무혁은 대부분의 공격을 허용하면서도 이리저리 움직여 스켈레톤을 방패막이로 삼았다. 그러면서 간간이 익스체인지로 HP를 채웠고 조금이라도 더 빨리 그의 내공이 줄어들기를 바라면서 마나 드레인을 사용했다. 적당히 시간이 흘렀을 즈음 정예 스켈레톤을 전부 끌어다 백랑의 움직임을 방해했다.

물론 거의 다 통하지는 않았지만 말이다. 그럼에도 멈추지 않는 이유는 하나였다. 처음 저 스킬을 사용했을 때, 이유는 모르겠지만 스킬이 끝나지 않았음에도 일정 시간 공격을 허용하는 순간이 있었다.

동일한 스킬이라면…… 지금도 다르지 않을 터.

그 틈을 노릴 작정이었다.

이어지는 과격한 공방 속에서.

찾았다……!

무혁은 그 틈을 발견해 냈고.

부르탄, 기파! 포이즌 오우거, 피어! 설인, 아이스 홀드!

이 순간을 위해 남겨놓은 각종 제어기가 백랑을 뒤흔들었다. 뒤이어 펼쳐진 극강의 스킬, 소환수 흡수.

소환수들의 능력치 일부가 무혁에게 더해졌다. 그가 폭발적인 속도로 백랑을 몰아붙이기 시작했다.

⬤

오랜 전투가 마무리되었다.

-엄청난, 정말로 어마어마한 전투였습니다. 후, 저도 긴장을 놓지 못하던 싸움이 드디어 끝이 났군요. 승자, 무혁 유저. 진심으로 축하드립니다.

사실상 1위가 확정된 순간이라고 해도 과언이 아니었다.

남은 이들 중에서 무혁에게 비견되는 이는 없었으니까.

대결은 모두의 예상대로 흘러갔다. 최후의 4인으로 무혁, 강철주먹, 루돌프, 그리고 검사가 뽑혔다. 예린은 아쉽게도 4강 전에 오르지는 못했다. 4강 전에서 무혁은 루돌프와 붙었고 승리했다. 성민우는 검사 유저와 싸워 이겼다.

-네, 마지막 결승전입니다!

그곳에서 두 사람이 만났다.

"안 봐준다, 알지?"

"당연."

하지만 허세를 부리는 성민우도 이미 알고 있었다. 이길 수 없다는 것을. 그래도, 전력을 다해서 싸워보는 것 자체가 즐거웠기에 힘을 냈다. 생각보다 긴장감 있는 대결이 이어졌으나 결과는 역시 변하지 않았다. 무혁의 우승이었다.

-시간 끌 이유가 있겠습니까? 바로 보상을 전해 드리도록 하겠습니다! 자, 순위권에 드셨던 모든 분에게. 기존에 공지했던 대로의 보상을 지급하겠습니다!

그에 유저들이 들뜬 표정을 지었다.

보상을 주지 않고 사라지다니.

"뭐야……?"

"어어?"

의아함은 금세 사라졌다.

[대륙 최강자전 우승자가 되었습니다.]

[소켓 망치(30회)를 획득합니다.]

[루비(최상), 토파즈(최상), 사파이어(최상), 에메랄드(최상), 오팔(최상)를 각각 20개씩 획득합니다.]

[무기, 방어구, 액세서리 중에서 3개를 택할 수 있습니다.]

각종 아이템이 주르륵 나열되었다. 무혁은 그중에 쓸 만한 것 3개를 택했다. 궁금한 건 이게 아니었다. 소켓 망치와 보석이었으니까.

[소켓 망치(20회)]
아이템에 소켓(3~9개)을 뚫을 수 있다.
30회 사용할 경우 사라진다.

무려 3~9개를 뚫는 망치였다.

크으……!

겨우 참아내며 성민우와 예린을 쳐다봤다. 두 사람도 크게 다르지 않았다. 아니, 다른 점이 있기는 했다.

"꺄아아아악!"

"으오오오!"

무혁과는 달리 함성을 참지 않았다는 것.

"오, 오빠도 받았지?"

"소켓 망치?"

"응. 엄청나, 진짜. 보석도……!"

곧바로 임시로 만들어진 경기장을 나섰다. 그들은 빛과 함께 헤밀 제국에서 조금 떨어진 사냥터에 나타났다. 군마를 불러내어 탑승한 후, 헤밀 제국으로 돌아가 워프게이트를 이용했다.

"칼럼 소도시로요."

그리고 김지연과 함께 영주실로 들어갔다.

"우린 작업 좀 할게."

"으, 응."

그녀를 제외한 나머지 세 사람은 소켓을 뚫기 위한 작업에 돌입했다.

무혁은 먼저 소켓 망치를 꺼냈다.

결코 바꾸지 않을 아이템. 그로이언 세트에 먼저 망치를 사용할 생각이었다. 8강까지 올린 이후, 시간이 날 때마다 틈틈이 강화를 시도해서 만든 9강 그로이언의 갑옷을 먼저 해제했다.

소켓 망치, 사용.

그러자 갑옷의 중앙 부위에 붉은 점이 생성되었다. 무혁은 그곳을 강하게 내려쳤다.

[소켓 망치를 사용하여 횟수가 줄어듭니다.]
[소켓 생성에 실패하셨습니다.]

순간 무혁의 표정이 멍해졌다.

"아, 이런……."

욕이 나오려는 걸 간신히 참았다. 물론, 성민우는 달랐지만.

"왓더퍽!"

"아, 뭐야, 이게……."

예린도 실망을 감추지 않았다. 세 사람은 서로를 쳐다봤다.

"다 실패한 거?"

"아마도?"

"이거, 실패 확률이 높아 보이는데……."

"하, 이런 거 설명 다 빼고 준 거네. 리얼 어이없구만."

"뭐, 그래도 몇 개는 성공하겠지."

실패, 실패, 또 실패. 그러다 여섯 번째 시도에서 드디어 새로운 메시지가 나타났다.

[소켓 망치를 사용하여 횟수가 줄어듭니다.]
[랜덤으로 소켓이 생성됩니다.]

소켓(6)

구멍의 숫자가 아쉬웠지만 성공한 것만으로도 대만족이었다. 그래, 게다가 6개면 사실 엄청난 거지. 보석은 고민하지 않았다. 루비, 토파즈를 3개씩 박았다.

[그로이언의 갑옷(3차 성장)+9]
소켓(6) 효과
-힘 +60
-체력 +60

이번에는 네 번의 시도 끝에 소켓이 뚫렸다.
"아자!"

아쉽게도 구멍은 5개였다. 갑옷보다 갯수가 적어 아쉬움이 컸다. 일단 힘, 체력 보석을 2개, 민첩 보석을 1개 투입한 후 벨트를 착용하고 반지를 내려놓았다.

벌써 10번이나 사용한 건가.

소켓 망치의 남은 사용 횟수는 이제 20번. 아껴둘 수만도 없는 노릇이었기에 내려놓은 반지를 소켓 망치로 후려쳤다.

캉, 캉, 캉……!

불운이 지속되는 것일까.

여섯 번, 일곱 번. 계속되는 실패에 표정이 일그러졌다. 또 실패하면 잠시 쉴까 고민하던 그 순간, 성공했다는 알림이 떴다. 안도의 한숨과 함께 소켓의 개수를 확인하는 무혁.

"대박."

옆에 있던 성민우와 예린이 고개를 돌렸다.

"뭐, 왜?"

"오빠, 뭔데? 소켓 많이 뚫린 거야?"

"어, 8개 뚫렸어."

"우와, 진짜 대박……!"

"미친……!"

예린은 감탄을, 성민우는 욕을 했다. 의미는 같았다.

무혁은 웃으며 소켓에 보석을 박았다. 루비 3개, 토파즈 3개, 사파이어 2개. 그리고 마지막으로 남은 팔찌 또한 일곱 번의 시도 끝에 성공했다.

오오, 7개!

이번에도 상당한 수치였다. 그러나 8개보다 적어 만족감과 함께 실망감도 조금 피어올랐다. 팔찌에는 밸런스를 위해서 사파이어 3개, 루비, 토파즈를 각 2개씩 박았다.

이쯤에서 계산을 해볼까?

총 소켓 26개. 박은 루비가 10, 토파즈가 10, 사파이어가 6개였다. 힘이 200, 체력이 200, 민첩이 120이나 증가한 것이다. 엄청난 전력의 상승이었다.

"와, 이거 계산해 보니까 미쳤는데……?"

"응? 왜?"

"아니, 스탯이 상당히 많이 올라서."

"아, 그렇지? 소켓 박으니까 스탯이 좀 말도 안 되게 오르기는 하네. 근데, 뭐. 이유가 있지 않겠냐?"

"이유?"

"어, 당장이야 모르겠지만…… 이런 아이템을 푸는 이유가 있겠지."

"흐음, 그런가."

"아니면 뭐, 이거 다음 에피소드에서 나온다고 했잖아. 그 에피소드가 엄청 빨리 열릴 수도 있는 거고. 알아서 잘하겠지. 일루전이잖아."

일리가 있는 말이었다. 무엇보다도, 일루전이라는 그 말에 수긍하게 된다. 그래, 이렇게 망할 곳은 아니니까.

"그리고 굳이 따지자면 그렇게까지 대단한 건 아닌데?"

"응? 뭔 소리야."

"모든 스탯이랑, 힘, 민첩, 체력 붙은 아이템에 장인의 강화로 9강 정도만 만들면 비슷하게 나오지 않냐?"

"어, 그건…… 그렇지."

"그럼 뭐, 아이템 한 개 수준이네. 아니면 장인의 강화가 말도 안 되는 밸런스 붕괴 스킬이든가. 크큭, 안 그러냐?"

"그것도…… 그러네."

"그렇다니까. 뭐, 그래도 장인의 강화로 올린 아이템은 꾸준히 팔고 있잖아. 그러면 돈 있는 유저라면 누구나 살 수 있는 거니까 나쁘지 않지."

"그런가?"

"그럼. 다음 에피소드 열린다고 해봐야 소켓이랑 보석 컨텐츠는 어차피 최상위 랭커가 독식할 게 뻔하니까. 그것보단 낫다고 본다, 나는."

괜히 수긍하게 되었다.

"아무튼, 난 다시 작업한다!"

무혁도 아직 5번의 기회가 남은 상태였다.

망토에다가 써야지.

캉, 캉!

2번 만에 소켓이 뚫렸다. 4개의 구멍. 나쁘지 않았다. 무엇보다 2번 만에 성공했다는 사실에 괜히 기분이 좋아졌다. 속으로 환호하며 무릎 보호대에 남은 3번을 다 쓰기로 했다.

캉, 캉.

연속으로 실패했다.

당연한 일. 실망하지 않고 망치를 마지막으로 휘둘렀다.

[랜덤으로 소켓이 생성됩니다.]

좋았어!

소켓은 3개였지만 그래도 기쁨이 가시지 않았다. 전부 실패했어도 이상할 게 없었기에. 암흑 천사의 망토에는 힘, 체력 보석을 2개씩 박았고 무릎 보호대에는 민첩 보석 3개를 박았다.

"참, 예린아. 작업 다 했어?"

"응, 끝났어."

"어때?"

"음, 스탯 골고루 올렸어. 전부 80씩."

"오호, 괜찮네."

"헤헤, 응. 완전 좋아!"

마침 성민우도 두 손을 올렸다.

"후아, 나도 끝!"

"넌 어떤데?"

"난 힘, 민첩, 체력 각 160씩 올렸다 이거지! 크크. 완전 좋네. 어서 다음 에피소드나 나와라!"

"그러게. 빨리 나오면 좋겠네."

정비를 마치고서 하루를 푹 쉬었다. 그리고 일어난 아침.

시끄럽기 그지없는 인터넷 뉴스와 일루전 홈페이지를 슬쩍 구경했다.

[제목 : 아직도 영상 보는 중이에요ㅠㅠ]

[내용 : 하, 어제 그 대결이 잊히지가 않네요. 무혁 님과 백랑 님의 그 대결! 아니, 무슨 그런 싸움이 있죠. 진짜로? 벌써 한 열 번은 본 거 같네요. 지금도 보고 있습니다. 아마도 오늘도 스무 번 이상은 보겠네요……. 후, 그 이후로 일에도 집중이 안 됩니다. 어쩌면 좋죠?]

    └저도 그래요……!

    └진짜 역대급이었죠, 솔직히. 전 백랑이 더 좋았어요.

    └크, 그 머리 솟구칠 때 봤어요?

    └당연하죠!

    └저는 그래도 스켈레톤 대군이 너무 멋있음. 특히 그 드레이크!

    └크, 드레이크 죽였죠.

    └저는 소환수 흡수가 더 멋있었어요.

    └인정. 겉으로 드러나는 분위기부터가 압도적이었죠.

    └아, 또 보고 싶다…….

어제의 대결이 이슈의 중심이었다.

"뭐 봐?"

"어, 아니. 그냥."

"오, 너 칭찬하는 글 보면서 만족하는 거?"

"아, 귀찮아. 저리 가."

"네이, 네이."

강지연의 능청스러움에 실소가 터졌다.

"아, 됐고. 난 이제 게임 하러 간다."

"그러든가. 난 TV나 봐야지."

게임에 접속한 무혁은 동료를 기다리면서 칼럼 소도시를 둘러봤다. 북쪽의 터를 조금 더 넓힌 후에 십과 건물을 빠르게 세웠는데 꽤나 멋들어졌다. 그래도 부족한 점이 있을까 싶어서 좀 더 세심하게 살폈다.

괜찮네.

곧바로 백호운을 찾아갔다.

"영주님, 오랜만입니다."

"네, 잘 지냈죠? 지내는 곳은 괜찮고요?"

"네, 잘 지내고 있습니다."

"음, 그래도 불편하셨을 텐데……."

백호운은 그저 부드럽게 웃을 뿐이었다.

"마침 지낼 곳이 완공되어서요. 같이 가 보죠. 지금 시간 되는 분들이라도 불러서요."

"그럴까요. 그러면, 좌호법. 휴식조원을 모두 불러주게."

머지않아 모인 세가원들과 함께 북쪽으로 올라갔다.

"여깁니다."

"오오……! 좋은데요?"

대부분이 감탄을 표했다. 문주나 호법, 장로들 역시 밝은 표정으로 고개를 끄덕였다.

"아주 마음에 듭니다."

"다행이네요. 그럼 여기로 이사 준비를 하죠."

"감사합니다, 영주님."

"별말씀을요. 저는 또 일이 있어서 나가봐야겠네요. 부디, 칼럼 소도시를 잘 지켜주세요."

"물론입니다. 걱정하지 마십시오."

이들이 있어서 한층 더 마음에 여유가 있었다.

자, 그러면. 함께 떠날 이를 추려본다.

동료들…… 아, 도란도 같이 갈까. 그의 성장을 위해서라면 나쁘지 않은 일이리라.

아니, 아니지. 퀘스트 때문이니 불편한 점이 있으리라.

슬쩍 백호운을 쳐다봤다. 차라리 그에게 맡기는 게 더 괜찮을지도 몰랐다.

"아, 한 가지 부탁을 좀 드릴게요. 도란이라고 있는데 좀 봐줄 수 있나요?"

"물론입니다."

"그럼, 잘 부탁드립니다."

"제대로 훈련을 시켜 드리죠."

정말 마음을 푹 놓아도 될 것 같았다.

성민우, 예린, 김지연이 접속했다.

"밀린 거 하러 가야지."

"밀린 거? 뭐?"

"퀘스트."

보카 백작에게 받은 퀘스트를 클리어할 시간이었다.

[새롭게 떠오른 섬]

다들 생각났다는 듯, 고개를 끄덕였다.

"어, 바로 가보자."

"근데 어떻게 가, 오빠?"

"어? 그건……."

그러고 보니 섬으로 어떻게 이동해야 할까.

배를 타고서? 거기까지 가는 배가 있을지 의문이었다.

"보카 백작한테 들어보지, 뭐."

헤밀 제국 성내로 이동했다. 기다렸다는 듯 그가 무혁과 그 일행을 반겼다.

"오, 설마 벌써 다녀온 건가?"

"아뇨, 아닙니다. 섬으로 가려는데 방법을 잘 몰라서요."

"아아, 이런. 깜빡했군. 미안하네. 우리가 준비해 놓은 군함이 있다네. 항구도시 마르몬에 가서 이 문서를 건네주면 되네."

"항구에서 말이죠?"

보칸 백작이 고개를 끄덕였다.

"지금 바로 다녀오겠습니다."

"고생하게나."

곧바로 마르몬으로 이동했다. 서쪽 끝에 위치한 항구에서 문서를 보여주자 병사들이 예를 표하며 배로 안내해 줬다.

"10분 뒤에 출발한다고 합니다."

"고마워요."

그들은 그 안에서 시간이 흘러가길 기다렸다.

제2장
차원의 틈

무혁과 일행이 탑승한 배가 크게 울었다. 그리고 천천히 움직이기 시작했다. 직후 헤밀 제국의 기사로 보이는 이가 다가왔다.

"무혁 남작님 되십니까?"

"네, 접니다."

"반갑습니다. 기사 톨이라고 합니다. 이번 여정에서 제가 남작님과 그 일행분들을 모시게 되었습니다."

"아, 그러면 중앙 섬까지 같이 가나요?"

"일정 구역까지만 동행하게 될 것 같습니다. 그때까지는 최선을 다해 모시겠습니다."

"네, 감사해요."

"도착까지 20분 정도가 소요됩니다. 그럼, 이만."

기사가 떠나고 넷은 경치를 구경했다.

"좋네."

"와, 얼마나 깨끗하면 물고기까지 다 보이냐."

"진짜 예쁘다."

흥겹게 감상에 빠졌다. 어느새 속도가 최고조에 이르렀고 꽤 먼 곳에서 바다가 출렁거렸다.

"와, 저건 뭐냐?"

상당한 크기의 무언가가 다가오고 있었다.

"글세? 고래, 상어? 아니면……."

놈이 하늘로 솟구쳤다. 해양 몬스터 '자이언트 옥토퍼스'였다.

"몬스터네."

놈의 등장에 선상 위에 있는 이들의 움직임이 분주해졌다. 기사, 폴도 황급히 다가와 상황이 위급함을 알렸다. 그러나 무혁과 일행은 그저 미간만 살짝 찌푸릴 뿐 피할 생각은 조금도 하지 않았다. 잡아버리면 되니까.

"어서, 피하셔야 합니다!"

"아, 괜찮다니까요."

"하지만, 저 자이언트 옥토퍼스는……!"

무혁은 무시한 채 시위에 화살을 걸었다.

"아주 위험한……."

풍폭, 파천궁술 제3초식 파천사.

파앙! 팡, 팡, 파바바방!

총알처럼 날아간 수십 대의 화살이 옥토퍼스의 눈알에 박혔다. 거칠게 몸부림을 치던 녀석이 힘없이 수면 아래로 사라졌다.

"놈입니다만……?"

기사 폴이 멍하니 무혁을 쳐다봤다.

"이제 안 위험하죠?"

"네? 아, 네. 그, 그럼요. 몰라뵈어서 죄송합니다! 정말 대단하신 분들이었군요. 기사 폴, 성심을 다해 모시겠습니다!"

"아, 네……."

"곧 도착할 테니 준비하고 있겠습니다!"

결연한 표정의 폴을 보내고 무혁과 일행은 짧은 감상에 다시 한번 빠져들었다. 잠시 후, 목적지인 떠오르는 섬에 도착했다. 확실히 분위기가 묘했다.

"흐음, 뭐, 특별한 게 보이진 않는데……."

"않는데?"

"뭐랄까, 분위기가 신기하네."

"그치? 뭔가 어두침침하기도 하고."

"딱 그거네, 어두침침."

마침 기사 폴이 병사를 대동했다.

"이제 제가 모시겠습니다."

기사가 선두에 위치하고, 그 뒤에 무혁과 일행. 가장 후미에 병사가 자리를 잡았다. 길을 잘 알고 있는 폴 덕분에 경계선까지 진입하는 건 어렵지 않은 일이었다. 간간이 몬스터가 등장했지만 무혁이 가볍게 처리해 줬다.

"이렇게 빨리 여기까지 도착한 건 처음입니다!"

"그래요?"

"예, 저는 더 이상 들어갈 수가 없어서…… 죄송합니다."

"아니에요. 안내해 줘서 고마웠습니다."

"네, 돌아가실 때 이 신호탄을 하늘로 쏘아주십시오. 그럼 바로 모시러 오겠습니다."

"그럴게요."

기사와 병사가 떠났다. 나머지는 일행의 몫이었다.

"자, 움직여 보자고."

"좋지! 가자."

조심스럽게 내부로 진입했다.

"어후, 갑갑하네. 미로 같아, 완전."

곳곳에 얽혀 있는 줄기들, 꿈틀거리는 벌레와 간간이 보이는 뱀. 알아보기 어려운 곤충이 사방에서 날아다니고 수시로 늪처럼 발이 빠지는 공간이었다. 생각보다 훨씬 더 거친 야생의 느낌이 물씬 풍겨왔다.

"갈수록 찐득한 느낌이야."

바람 한 줄기 불어오지 않았다. 갇혀 버린 듯, 아니, 죽은 듯 살아가는 공간을 유심히 살폈다.

"그래도 뭐를 찾기는 해야 되니까. 다 부르자고."

"오케이."

이젠 본격적으로 수색할 차례였다.

스켈레톤 전원 소환. 나타난 소환수를 사방으로 뿌렸다.

성민우의 정령. 예린의 백호도 흩어졌다.

"뭐라도 보이면 얘기하고."

"응! 알겠어."

무혁도 떠오른 시야들을 세심하게 살폈다. 생각보다 넓은 공간이라 특별한 걸 찾기에는 시간이 걸릴 듯했다. 게다가 몬스터가 많았다. 30분도 지나지 않아서 흩어진 스켈레톤 대부분이 각개격파를 당했다.

"꽤 걸리겠다, 이거."

조급한 마음을 버렸다.

"일단 지역이 꽤 넓은 것 같으니까 가운데로 가보자."

효율을 위해, 중앙으로 나아갔다.

"몬스터! 조심!"

상당히 강한 수준. 중앙으로 갈수록 더 심해졌다.

"허, 뭐야, 이것들?"

지금 막 잡은 놈은 260 이상인 듯했다. 소환수가 없었다면 상당한 곤욕을 치렀을 게 분명한 수준이었다.

"그래도 경험치는 많네."

순간 모두의 눈이 빛났다.

"그래, 뭐. 기왕 이렇게 된 거 여기서 폭업이나 해보자!"

"콜, 좋아!"

퀘스트라는 타의에서 레벨 업이라는 자의로 상황이 바뀌는 순간이었다.

내곽 1구역을 지배한 보쿠마와 코르크. 상급 마족, 오발루트를 휘하로 받아들인 덕분에 내곽 1구역의 지배권을 공고하게 다지는 것에 전혀 무리가 없었다. 다만, 언제 내곽 2구역을 지배하느냐의 문제가 남았을 뿐.

"그러니까, 거긴 상급 마족이 무려 다섯이다?"

"그렇습니다."

"한 명이야 네가 맡는다고 치고. 그래, 시간이 흘러서 나랑 보쿠마가 상급으로 올라서 각 1명씩 또 맡는다고 치자고. 그래도 두 명이나 남네? 흐음, 두 명을 우리 친구들이 감당할 수 있으려나."

보쿠마가 고개를 끄덕인다.

"우리다 상급에 올라선다면. 그 시간이라면 충분히."

"아, 그렇겠네. 성장 속도가 엄청나니까. 좋아, 그러면 문제는 없고. 중급은 몇 명이지?"

오발루트가 코르크의 질문에 잠깐 생각했다.

"확실하진 않습니다만. 30명 정도로 알고 있습니다."

"허, 미친. 많잖아?"

"내곽 중심 지역은 그보다 훨씬 대단한 편이죠."

코르크의 눈에 순간 절망감이 스쳤다.

"보쿠마. 우리가 여길 지배할 수 있을까?"

"글쎄. 포기하지 않는다면 언젠가는."

"크, 긍정적인 놈."

그때 소환수가 등장했다. 전과 다름없는.

"오, 친구들. 왔어? 어쩌지? 한동안은 딱히 할 일이 없을 것 같은데."

그에 아머나이트가 고민했다.

밖으로 나가, 싸우겠다.

검으로 의사를 표현했고 코르크는 고개를 끄덕였다.
"괜찮지, 그 정도는. 열심히 싸우라고!"
그렇게 외곽으로 나가 마물을 처치하기 시작했다.
"아, 우리는 좀 쉬자."
"난 수련해야 한다."
"쩝, 부지런하기는."
그러나 코르크도 마냥 쉴 수는 없었다. 보쿠마와는 다른 방식이지만 그도 꾸준히 힘을 쌓아 올렸다.

그러한 나날이 흘러갔다. 재밌는 이야기가 들려왔다.
"소식이 있습니다. 외곽 구역을 새롭게 정복한 무리가 있다고 합니다."
"오호, 그래? 정확히 파악은 끝났고?"
"지금 바바가 파악 중입니다."
"좋아, 파악 끝나는 대로 와서 보고해."
"예!"
조금 기다리니 바바와 하베라가 함께 왔다.
"응? 다쳤어?"
"예……."

"아니, 이 새끼들이……!"

코르크의 몸에서 순간 기세가 피어올랐다. 바바의 상처는 꽤 심했다.

"상처부터 치료해."

"보, 보고부터……."

"됐고. 상처부터 치료하라고."

바바가 그 자리에 앉아 마기를 끌어올렸다. 코르크는 뒤에서 본인의 마기를 주입시켜 힘을 보태줬다. 덕분에 바바의 상처가 천천히 아물어갔다. 꽤 시간이 걸리긴 했지만 빠르게 처치한 덕분에 큰 문제는 없었다.

"감사합니다, 코르크 님!"

"됐고. 보고부터."

"예, 현재 외곽 구역을 접수한 이들은 중급 마족으로 이뤄진 15명의 부대였습니다!"

"상급이나 하급은?"

"한 명도 없었습니다!"

코르크의 입꼬리가 올라갔다.

"웃긴 놈들이네."

하지만, 아주 좋은 전력인 건 분명했다.

"오발루트. 같이 가서 처리하고 오자고. 보쿠마, 넌?"

"가야지, 당연히."

"좋아. 기왕 이렇게 된 거 다 부르자고."

그래야 조금이라도 더 압박을 받을 테니까.

빠르게 외곽 구역으로 이동했다. 마기가 느껴졌다.

"저기네."

머지않아 15명의 중급 마족을 발견할 수 있었다. 그들 역시 기척을 느끼고는 긴장한 표정으로 이곳을 주시하고 있었다. 처음엔 그래도 자신이 있어 보이던 이들이었으나 상급 마족인 오발루트의 마기를 읽고서는 신음을 흘렸다.

"여, 너희가 여기 점령했다던데."

"그렇다……!"

"그렇다? 이 새끼가, 반말이네?"

코르크가 마기를 극한으로 끌어올렸다.

상급의 바로 앞. 문 하나를 남겨둔 자의 마기는 생각보다 강력했다.

"여기서 죽고 싶냐? 말 가려서 하자, 어?"

그러나 상대는 심히 고민하는 표정이었다.

그때, 오발루트가 나섰다. 그에게서 뿜어진 기세는 코르크와는 비교할 수 없는 수준이었다. 공간 자체를 점령하여 숨조차 제대로 쉬지 못하게 만드는 힘이 있었다.

"대답하라."

"아, 알겠습니다……!"

"내가 아니라, 이분에게."

오발루트의 말에 15명 중급 마족 모두가 놀란 눈치였다.

어째서, 상급이 중급에게……?

"됐고. 네가 우두머리냐?"

"그, 그렇습니다."

"이름은?"

"글렘입니다."

"글렘. 좋네. 하나 묻자고. 우리 휘하로 들어올래? 아니면 여기서 죽을래?"

"예……?"

"지금 당장 결정하란 건 아니고. 시간을 조금 줄 테니 생각해 보라고. 외곽 구역에서 내 손에 죽을지. 아니면 휘하로 와서 내곽 구역에서 재밌게 놀아볼지를 말이야."

코르크가 손을 흔들었다.

"시간은 길지 않을 거야. 잘 생각해 보라고."

보쿠마가 조용히 물어왔다.

"왜 시간을 준 거지?"

"뒤에 있던 놈들 기세가 장난이 아니더라고. 지금 싸우면 우리도 손해고. 안 좋아, 그건. 다음에 우리의 친구가 나타나면 그때 다시 오자고."

"좋은 생각이군."

"그럼, 내가 좀 똑똑하잖냐."

그렇게 내곽 1구역에 돌아온 그들.

"어? 뭐야?"

이미 스켈레톤 대군이 자리를 잡고 있었다. 게다가 새로운 녀석까지 등장했다.

본 드레이크. 놈을 보는 순간 코르크의 미소가 한층 진해졌다.

"이야, 생각보다 빨리 왔잖아. 그것도 더 세져서. 흐흐, 저 거대 친구도 잠시만 있는 건가?"

아니다.

"이거, 좋은데? 친구들! 오늘은 같이 싸우러 가자고."
아머나이트가 반응했다.

좋다.

"기왕 이렇게 된 거, 바로 가서 압박하자고. 어때?"
"나쁘지 않지."
"좋아, 그럼 출발!"
코르크가 씨익 웃으며 모두를 이끌었다. 고민하고 있을 외곽 구역의 무리를 향해서.

중급 마족 15명 이들 중에서 수장은 글렘이었다.
"방금 전 그 말은 무시할 수가 없어. 알지?"
"알기는 하는데……"
"차라리 다른 곳으로 가는 건 어때?"
"다른 곳? 어디? 동서남북, 전부 왕이 있는 곳이야. 거기선 결국 어떤 대접도 받을 수가 없다고. 여기서 왕이 되어야만 해. 여기만 정복하면…… 우리가 왕이 되는 거라고! 힘들게 여기까지 왔는데 이제 와서 포기하자고?"

"그럼 어쩌게? 그놈들 휘하에 들어가려고?"

글렘의 눈이 차갑게 가라앉았다.

"아니."

그 말에 14명의 중급 마족이 비릿하게 웃었다.

"역시, 글렘이야."

"크큭."

"쉿, 아직 내 얘기 안 끝났어. 우리는 싸운다. 그러나, 정면으로 부딪치진 않을 거야. 놈들의 숫자가 훨씬 적었다는 건 알고 있겠지?"

"물론이야."

"숫자의 차이를 더 크게 만들 생각이야. 하급 마족부터 처리하는 거지. 이후, 중급 마족을 죽이는 거고. 그럼 남는 건 상급 마족, 그 한 녀석뿐이야. 우리가 전부 덤빈다면 놈을 처리하는 건 어렵지 않은 일이 될 거야."

모두 글렘의 말에 동의했다.

"그럼 바로 움직이자고. 조를 나눠서 내곽 1구역을 경계한다. 그러다 하급 마족이 조금이라도 놈들과 떨어졌다 싶은 순간 보고를 올려. 동시에 녀석들을 덮칠 거니까."

"알겠어."

"조를 먼저 나누자고. 먼저……."

말을 하려던 글렘이 순간 입을 다물었다. 나머지 중급 마족도 마찬가지. 그들 모두가 거의 동시에 느낀 것이다.

"또 오고 있군. 뭐야, 장난이라도 치려는 건가?"

모두의 표정이 굳어졌다.

"워워."

그들의 흥분을 글렘이 가라앉혔다.

"일단 침착하자고. 나가보면 알겠지."

15명의 중급 마족. 쉽게 부서지지 않을 전력이었다.

"뭐, 뭐야……?"

하지만 시간이 지날수록 그들의 표정에 어둠이 내려앉았다. 기척이 너무 많았기에. 하나하나 그 수준은 결코 대단하지 않으나 그럼에도 불구하고 무시할 수 없는 숫자의 대군이 드디어 모습을 드러냈다. 게다가 일부 몇 마리는 그 기세가 사뭇 대단했다.

특히, 가장 거대한 녀석. 본 드레이크는 상급 마족을 뛰어넘는 강대한 힘을 지니고 있었다. 오발루트까지 생각한다면 싸우는 건 자살과 다름없는 꼴이 된 것이다.

"여, 왜 다들 나와 있고 그래?"

코르크가 가볍게 물어왔다. 글렘은 그 질문에 바로 답할 수가 없었다.

"왜 나와 있냐고 묻잖아."

"그게……."

"아, 답답하게 구네. 대답 좀 빨리 하자, 응?"

"그냥, 기척이 느껴지기에 나왔습니다."

"아, 그래? 그럼 그렇게 말하면 되지, 왜 그렇게 머뭇거려? 무슨 죄라도 지은 것처럼? 웅?"

"뭐, 됐고. 그래서 결정은 내렸지?"

"시간이 부족합니다."

"뭐가 부족해. 30분 정도면 충분한 거 같은데."

"아직 상이 중이있습니다."

코르크가 손을 저었다.

"난 그런 거 모르겠고. 이제 정해. 죽을래, 아니면 살래?"

글렘이 코르크의 뒤를 훑었다. 수백 마리의 대군. 스켈레톤으로 이뤄진 군사력에 압도당했다.

이건, 못 이겨. 정말 말도 안 되는 전력이 눈앞에 있었다. 그런데도 겨우 내곽 1구역을 맡고 있다고……?

그럼 2구역은 어떨 것인가.

"크윽……!"

할 말을 잃었다. 그건 글렘과 함께하는 나머지 중급 마족도 마찬가지였다. 좌절과 절망감이 피어올랐다.

"정말, 아주 잠시만 시간을 더 주시죠."

"여기서 기다리지."

글렘은 고개를 숙인 채 동료들에게 돌아갔다.

"시간이 없어. 결국 휘하로 들어가야 하나?"

"그냥 싸우는 건……."

말을 하던 자가 입을 다물었다.

"못 들은 걸로 해줘. 하, 싸우면 죽는 건 피할 수 없을 테니까."

그때 코르크가 목소리를 높여 소리쳤다.

"여, 한 가지 알려주지 않은 게 있는데. 내 휘하에 있는 기간은 200년이다."

그 말에 마족 모두의 눈이 커졌다.

"200년이면…… 짧은 편, 아니야?"

"맞아. 괜찮은데?"

분위기가 확실하게 돌아섰다. 글렘이 씁쓸하게 웃었다.

"그럼, 그렇게 결정을 내리자고."

이윽고 코르크에게 다가간 글렘이 무릎을 굽혔다.

"중급 마족, 글렘. 저의 모든 마기를 걸고……."

"잠깐. 나랑 보쿠마, 둘에게 동시에 맹세하도록."

"그 말씀은……."

"우리가 갈라서면 너희는 죽게 되는 거지. 걱정 마. 우리가 그렇게 쉽게 찢어질 인연은 아니니까."

글렘의 미간이 찌푸려졌다. 여기까지 행동한 이상 되돌리기도 어려웠고 말이다.

"후, 알겠습니다. 중급 마족, 글렘. 저의 모든 마기를 걸고 200년간 코르크와 보쿠마의 종이 될 것을 맹세합니다."

"좋아. 나머지도!"

남은 14명의 중급 마족도 맹세를 했다. 이로써 전력은 한층 더 증가했다.

"오발루트. 이 정도 전력이면 어떻지?"

오발루트가 본 드레이크를 유심히 살폈다.

"대단한 전력이긴 하지만 아직 내곽 2구역을 차지하는 건 어렵습니다."

"나와 보쿠마가 상급에 오른다면?"

"그럼…… 이길 수 있습니다."

"좋아. 우리만 상급으로 오르면 되는 문제군. 그때가 되면 바로 내곽 2구역 점령을 시작하자고."

내곽 2구역을 차지할 날도 머지않은 기분이었다.

엄청난 속도로 레벨이 올라갔다. 1주일 만에 3업. 기적과도 같은 스피드였다.

"미쳤네, 진짜."

폭업에 중독된 그들은 퀘스트는 뒤로한 채 리젠되는 몬스터 사냥에만 열중했다. 물론 한 자리에서만 사냥한 건 아니었다. 중앙으로 향하기도 했고 경계 지역을 크게 둘러보기도 했다. 그러나 이상한 점은 발견되지 않았다.

"어차피 뭐라도 발견되어야 깨지는 거 아냐? 그때까지 사냥이나 하자고."

계속된 사냥. 2개월이 흐르는 눈처럼 사라지더니 레벨이 20개 이상 올라갔다.

"와, 벌써 가을이냐."

"시원해서 좋더라."

"크크. 근데 이제 좀 지겨운데."

"아무것도 없네. 며칠만 더 있다가 그냥 가자."

다시 사냥을 했다. 몇 시간이 지났을 무렵.

"어? 오빠."

예린이 다급히 무혁을 불렀다.

"왜?"

"탐색에 보낸 백호 시야에 이상한 게 잡혀서."

"응? 뭔데?"

"잘 모르겠어. 뭔가 하얀 선 비슷한 게 허공에 있는데? 직접 가볼까?"

아무것도 없던 떠오르는 섬. 뭔가를 발견했다면 그게 설혹 아주 자그마한 흔적이라도 확인할 필요가 있었다.

"여기로."

예린이 선두에서 길을 찾아갔다. 약 5분의 이동 끝에 예린이 발견했다는 허공에 그어진 선을 찾아낼 수 있었다.

"뭐야, 이거……?"

한눈에도 심상치 않았다.

[퀘스트 '새롭게 떠오른 섬'이 갱신됩니다.]

[새롭게 떠오른 섬]

[대륙의 중앙, 그곳에 원인을 알 수 없는 하나의 섬이 새롭게 등장했다. 난폭한 몬스터가 다수 등장하지만 그 외에는 특별할 것이 없어 보이는 공간. 하지만 마법사나 신관 대부분이 그곳에서

불길함을 호소했다. 어떠한 불길함이 숨어 있는 것인지 알아내 보카 백작에게 전달하라.

+갱신 정보 : 섬에서 정체를 알 수 없는 차원의 틈을 발견했다. 차원의 틈은 시간이 지날수록 점차 거대해질 가능성이 높다. 그곳에서 어떤 존재기 나타날지 아무것도 알 수 없기에 아주 위급한 상황이다. 당장 해당 사실을 보카 백작에게 전달하라. 정보의 수준에 따른 차등 지급.]

모두의 표정이 굳었다.

"차원의 틈……? 뭐야, 다른 세계랑 연결된다는 건가?"

"그럴지도."

"흐음. 신계나 마계, 뭐 이런 거?"

"알겠다, 이거. 100퍼센트 다음 에피소드랑 연관 있는 느낌이잖아. 안 그래?"

모두 성민우를 놀랍다는 듯 쳐다봤다.

"그치, 맞지?"

"그런 것 같은데? 천계나 마계와의 연결, 뭐 이런 건가."

"크흠, 내가 이 정도라고!"

"아무튼 빨리 돌아가자."

폴이 건네준 신호탄을 꺼내어 사용했다.

파아앙!

"전에 헤어졌던 곳으로 가면 되겠네."

"기다리라고 했었잖아, 그 기사가."

"어차피 길은 하나니까. 상관없을 듯."

군마를 타고서 적당히 속도를 냈다. 경계선에 가까워질 무렵, 저 멀리서 다가오고 있는 폴과 병사들이 보였다.

"정말 오랜만입니다, 무혁 남작님!"

처음부터 폴 기사는 무혁을 남작이라 불렀다. 전에는 그냥 넘어갔지만, 이제 호칭을 정정해 줘야 할 것 같았다.

"어, 저기, 폴 기사님? 저는 남작이 아니라 자작입니다."

"예……? 어, 준남작에서 승급을 하셨다고 들었는데……."

"네, 남작을 넘어서 자작으로 승급했습니다."

"그, 그런……! 몰랐습니다! 죄송합니다!"

"아니에요. 아무튼, 이제 돌아갈까요?"

"아, 예! 성실히 모시겠습니다!"

그의 안내를 받아 배에 올랐다. 곧이어 출발했고, 오랜만에 상쾌한 바람을 맞으며 헤밀 제국으로 돌아갔다.

한편. 고된 여정에 지친 랭킹 1위의 유저, 다크가 오랜만에 진심으로 웃었다.

"드디어, 끝이 보이는군."

성기사에서 어둠 기사로 새롭게 전직을 한 뒤 소수의 인원과 함께 힘을 합쳐 꾸준히 퀘스트를 클리어했다. 덕분에 마계로 진입할 수 있었다. 어둠의 힘을 매개체로 삼는 만큼 마계에서의 생활은 썩 만족스러웠다. 마족들도 그를 배척하지 않았다. 오히려 흥미롭다는 듯 여러 가지 일을 맡겼다. 덕분에 생각보다 더 짧은 시간 동안 큰 힘을 손에 넣을 수 있었다. 그리고 얼마 전, 드디어 정복 퀘스트를 얻어내었다.

중간계 정복 그 단어만으로도 심장이 뛰었다.

"후, 얼마나 남은 거야?"

"진짜 조금."

"실행률이 98퍼센트라."

"2퍼센트 채우기가 힘들겠지만 끝이 보이긴 하네."

중간계를 살아가는 NPC들? 신경 쓸 이유가 없었다. 게임이니만큼 이득이 되는 방향으로 나아가면 될 뿐.

"전부 쓸어버리는 거야."

모두들 흥분한 기색이 역력했다. 대륙 전쟁? 그것과는 비교도 안 되는 거대한 싸움이 시작될 터. 마족 VS 인간. 그 결과가 어떨지 사뭇 기대가 되었다.

"뭐, 우리가 이기겠지만. 아주 높은 확률로."

"거의 확정적이라고 보면 되지 않나?"

"이변이 없는 한은."

모두들 웃으며 작업을 이어갔다.

그리고 실행률 100퍼센트 도달. 드디어 중간계와 이어지는 차원의 틈이 생겼다.

"오오……!"

서둘러 최상급 마족, 바록에게 다가가 보고를 했다.

큰 보상과 더불어 연계 퀘스트를 얻었다.

차원의 틈을 보다 빨리 넓히기 위한 여정을 이어갔다.

항구도시, 마르몬에 도착했다.

"백작님을 만나러 가셔야겠군요. 정말 고생하셨습니다."

"뭘요. 그럼 수고하세요."

폴과 작별 인사를 한 후 헤밀 제국으로 이동했다. 보카 백작을 만난 무혁은 차원의 틈에 대해 설명했다.

"차원의 틈이라고 했나? 허어, 어찌 그런……!"

그가 보좌관을 불렀다.

"당장 통신구를 가지고 오게. 마르몬으로 연결하게."

곧바로 마르몬의 총책임자와 연결이 되었다.

"섬에 마법사와 신관을 보내 차원의 틈이 발생했는지 알아보도록 하라. 지금 당장!"

-알겠습니다!

"금방 답이 올 것이네. 만약을 대비해서 몇 가지 조치를 해 둔 게 있으니까."

"그럼 여기서 기다리면 될까요."

"그렇게 하지. 차나 한잔하면서."

보카 백작이 차를 홀짝였다.

"후우. 정말로 차원의 틈이라면 문제가 심각해진다네."

"그럴 것 같습니다."

"그게 마계라면 더욱 골치가 아프지."

"마계요?"

"그렇다네. 천계라면, 그래. 차라리 낫겠지. 물론 큰 대가를 치러야겠지만. 마계라면 그들이 원하는 것을 준다 해도 물러가지 않을 것이야. 어쩌면⋯⋯."

보카 백작의 표정이 어둠이 드리웠다.

-확인했습니다. 차원의 틈이 맞습니다.

"빌어먹을⋯⋯! 알겠네. 주변 경계를 철저히 하게."

-알겠습니다.

"같이 가도록 하지. 폐하께 상황을 보고해야겠네."

"아⋯⋯!"

황제의 궁전에 당도했다.

"폐하를 뵈러 왔네."

"무슨 일이신지요."

"촌각을 다투는 일이야. 당장 말씀을 올려주게."

"잠시만 기다려 주십시오."

얼마 뒤 중년의 기사가 모습을 드러냈다.

"보카 백작님 아니십니까? 무혁 남작님도 계셨군요."

"그렇소."

황제만을 보호하는 기사. 황제의 최측근이라고 할 수 있기에 함부로 말을 놓을 수 없었다.

"허허, 급한 일인 모양이군요. 따라오십시오."

그와 함께 황궁에 진입했다.

끼이익.

거대한 문이 열리고 저 높은 곳, 황좌에 앉아 오연하게 내려다보는 그가 보였다. 급히 무릎을 굽혔다.

"오랜만이군, 무혁 남작. 그리고 보카 백작도."

"그대들은?"

"아, 저의 동료입니다."

"그렇군. 그래, 무슨 일로 찾아온 건가."

보카 백작이 고개를 살짝 들었다.

"각 대륙의 중앙에 위치한 떠오르는 섬에 대해 보고를 올리고자 찾아뵈었습니다."

"떠오르는 섬. 그래, 심상치 않다는 이야기는 들었다."

"예. 그 이후 최선을 다해 탐색한 결과, 그곳에 차원의 틈이 있음을 알아내었습니다. 무혁 남작이 직접 발견하자마자 알려준 덕분에 틈의 크기는 아직 작은 편입니다."

황제의 분위기가 바뀌었다. 여유가 사라진 것이다.

상체를 앞으로 살짝, 숙인 채 보카 백작을 직시한다.

지금은 그저 한 제국을 다스리는 황제, 그 자체였다. 어깨에 짐을 올리고 있는, 거대한 무게를 감당하는 한 명의 인간.

"다시, 말해보라."

"떠오르는 섬에서 차원의 틈이 발견되었습니다."

"차원의 틈이라. 확실한가?"

"예, 폐하."

황제가 눈을 지그시 감았다.

"모든 지원을 아끼지 않겠다."

번쩍 하고 스치는 안광.

"이방인에게 보상을 지급하는 형식으로 도움을 받아도 좋다. 다른 대륙의 제국과 왕국에는 내가 사안을 전달할 테니, 그대는 이번 일의 총책임자가 되어 차원의 틈이 나타난 떠오르는 섬을 경계하라. 그곳에서 무엇이 나타나는지에 따라 올바른 대응을 해야 할 것이다. 자네보다 차원의 틈에 대해 잘 아는 이가 없을 테니, 믿고 맡기겠노라."

보카 백작이 얼굴을 깊게 파묻었다.

"감사합니다, 폐하."

이렇게 빨리?

차원의 틈이라는 것이 그 정도로 심각한 일인 모양이었다.

"황금패를 수여하노라."

패를 받은 보카 백작이 황궁을 나섰다.

"참, 자네에게 보답하는 게 늦었군."

"아닙니다."

"마침 황금패를 받았으니 이 권한이 허락하는 한도 내에서 보답하겠네. 안 그래도 자네들에게 또 한 번 부탁을 해야 할 상황이니까. 음, 일단 날 따라오게나."

"아, 네."

도착한 곳은 어두운 기운을 물씬 풍기는 창고였다.

"음, 자네들의 스승이 누구인가?"

"스승이요?"

"그래, 꼭 필요한 일이야."

"저는 발시언 스승님을 보시고 있습니다만."

"저는……."

모두의 대답을 들은 보카가 고개를 끄덕였다.

"좋군. 잠깐 기다리게."

들어갔다 온 보카 백작이 문서를 하나씩 건네줬다.

"이걸 자네들의 스승에게 보여주게. 그리하면 능력이 되지 않아 배우지 못한 그들의 진정한 기술을 몇 가지 더 습득할 수 있을 것이네."

"예……?"

"어, 그, 그게 가능한가요?"

보카 백작이 흐뭇하게 웃었다.

"그걸 가능하게 하는 것이 이 황금패의 위력인 게지."

이 말이 사실이라면 정말 엄청난 보상이었다.

그걸 증명이라도 하듯.

[퀘스트 '새롭게 떠오른 섬'을 클리어하였습니다.]

[대량의 경험치를 획득합니다. 레벨이 증가합니다. 특별 보상으로 '단계 승급 스킬 문서'를 습득합니다.]

[연계 퀘스트 '차원의 틈'으로 이어집니다.]

"대, 대애박."

이제야 믿을 수 있었다.

"그리고 자네들에게 또 하나의 부탁을 해야겠군."

어차피 자동 연계 퀘스트였으니 거절할 수 없었다. 물론 자동이 아니었더라도 거절할 생각은 딱히 없었지만 말이다.

"언제 틈이 벌어질지 모른다네. 그러니, 자네들도 경계 구역을 감시해 주면 좋겠군. 아무래도 차원의 틈을 발견한 능력이라면 큰 도움이 될 것 같아서 말이야."

"그렇게 하겠습니다. 그럼 다음에 또 뵙겠습니다."

"그리하게."

보카 백작과 헤어진 후, 무혁은 남은 세 사람을 쳐다봤다.

"다들 스킬 새로 배워야지?"

"아, 그렇지!"

"그럼 여기서 헤어졌다가 스킬 다 배우고 칼럼 소도시에서 보자."

"조금 있다가 봐, 오빠."

그들을 보내고 무혁은 아뮤르 공작의 저택에 들렀다.

"오, 자네군."

"인사도 드릴 겸 잠깐 들렀습니다."

"그 말은 여기에 볼일이 있었다는 소리인가."

"네, 보카 백작과……."

어차피 알게 될 일이었고, 또 숨길 것도 아니었기에 그간의 상황을 간략히 설명해 줬다.

"차원의 틈이라니……!"

"곧 소식이 들려올 겁니다."

"그렇겠지. 으음."

아뮤르 공작의 분위기가 심상치 않았다.

"정말 심각한 문제인 모양이네요."

"그렇고말고. 아무튼, 알려줘서 고맙군."

"뭘요. 바쁘실 것 같은데, 저는 이만 가보겠습니다."

"그래, 자네도 조심히 움직이게."

"네, 그럼 다음에 뵙겠습니다."

저택에서 나와 드디어 성내를 빠져나왔다.

나도 서둘러야지.

그러고 보니, 오랜만이네.

그간 찾아뵙지 못해 순간 미안한 마음이 들었다. 골목을 가로질러 쭉쭉 나아간 무혁의 발걸음이 발시언의 집 앞에서 멈췄다.

"크흠."

헛기침을 한 뒤 문을 두드렸다.

"스승님, 접니다."

"시끄러, 꺼져!"

"아니, 저 무혁입니다……."

그 말에 문이 벌컥 하고 열렸다.

"오, 내 수제자가 아니더냐. 이놈의 새끼! 도대체 얼마 만에 찾아온 게야!"

지팡이가 머리를 두드렸다.

"그, 그게……!"

"변명은 집어치워라!"

사실 아프진 않았다. HP도 거의 줄어들지 않았고.

"에잉, 내 힘만 빠지는구나. 그래, 뭔 일이냐."

"인사도 드리고……."

"인사는 무슨. 또 뭔가 용건이 있겠지."

"크흠, 죄송합니다. 앞으로 자주 찾아올게요."

"약속한 게냐?"

"그럼요."

무혁이 그간 있었던 일을 먼저 설명했다.

"차원의 틈이라니. 허허……."

발시언이 허탈하게 웃었다.

"그리고 이걸 주기에 받아왔습니다."

이어 문서를 꺼냈다. 단계 승급 스킬 문서를 말이다.

문서를 받은 발시언이 수납장을 뒤적거렸다.

"여기 있군. 따라와라. 아직은 부족하지만…… 그래도 너라
면, 감당할 수 있겠지."

무혁은 발시언과 함께 뒤쪽 공터로 향했다. 거기서 몇 개의
스킬북을 받았다.

"자, 받아라. 한참은 더 뒤에 가르쳐야 할 것들이지."

순간 가슴이 떨려왔다. 새로운 스킬. 무혁조차 알지 못하는,
진정한 의미의 새로운 스킬.

"푸른 책은 소환 계열이다. 이미 꽤 많은 스켈레톤을 부리게

되었을 터. 가장 부족한 부분을 보완하여 줄 것이다."

곧바로 그 책을 펼쳐서 사용했다.

[스킬 '스켈레톤 신관 소환(임시)'을 습득합니다.]

떠오른 내용에 손이 부르르 떨려왔다.

신관, 신관이라니……!

예상치 못한 스킬을 획득해 버렸다.

[스켈레톤 신관 소환(임시) 1Lv(0%)]

회복에 재능 있는 스켈레톤 1마리를 소환할 수 있다. 스킬의 레벨이 높아질수록 소환 가능한 숫자와 소모되는 MP가 증가한다.

HP 회복 1Lv(0%) : 지정한 스켈레톤의 HP를 일정량 회복한다.

-회복량 : 마법 대미지×120%

-필요 MP : 200

-쿨타임 : 120초

스켈레톤 신관은 어떤 진화도 거치지 않은 상태라 스킬이 1개뿐이었다. 하지만 이것만으로도 감지덕지였다. 다만 한 가지, '임시'라는 단어가 영 거슬렸다.

"어떠냐."

"너무 놀라운데요. 근데, 아직 제 것이 아닌 것 같아요."

"클클, 당연한 것을. 온전히 너의 것으로 만들기 위해서는 통과해야 할 시험이 있지. 일단 나머지도 확인해라."

이번에는 녹색의 책을 펼쳤다.

[스킬 '모여드는 힘(임시)'을 습득합니다.]

모여드는 힘?

[모여드는 힘(임시) 1Lv(0%)]

소환수가 지닌 스킬 하나를 택하여 사용할 수 있다. 소환수가 지닌 해당 스킬 계수 총합의 5퍼센트의 대미지를 준다.

-필요 MP : 1,000
-쿨타임 : 300초

소환수의 스킬이라…….

처음에는 별로라는 생각이 먼저 들었다. 그러나 순간, 대미지량 부분이 뇌를 헤집었다.

잠깐만. 이게 무슨 뜻이지?

대미지량의 설명에 대해 곰곰이 생각해 본 끝에 무혁은 이 스킬의 대단함을 파악했다. 강한 일격을 선택했다고 가정할 경우, 해당 스킬의 계수는 평균적으로 310퍼센트였다. 그리고 아머나이트의 숫자는 52마리. 즉, 52마리의 계수를 모두 더한 16,120퍼센트 중에서 무려 5퍼센트가 최종 대미지로 적용된다는 소리였다. 결론만 말하자면, 줄 수 있는 대미지량이 806퍼센트라는 소리였다. 무혁이 지닌 공격력의 806퍼센트 말이다. 이미 그것만으로도 현재 지닌 그 어떤 스킬보다도 계수가 높았다.

모여드는 힘 스킬의 레벨이 올라간다면? 대미지 계수 역시 증가할 터. 아머나이트의 숫자가 증가한다면? 역시나 더 강해지게 되리라.

"미친⋯⋯."

"클클, 욕까지 할 정도냐."

"아, 죄송합니다."

"그 정도로 마음에 들었다는 걸로 이해하마."

"네, 정말⋯⋯. 놀랍네요."

"클, 마지막 책도 확인을 해야지."

이제 마지막, 붉은색의 스킬북을 펼쳤다.

[스킬 '희생(임시)'을 습득합니다.]

[희생(임시)]
위기의 순간 주인을 대신하여 소환수가 생명을 소진한다.
-흡수 대미지 : 해당 소환수가 지닌 HP.
-필요 MP : 2,000
-유지 시간 : 10초 -쿨타임 : 300초

이걸 본 드레이크에게 사용한다면? 무려 8만이 넘어가는 피해량을 본 드레이크에게 넘겨 버릴 수 있었다. 위기의 순간 목숨 하나를 버는 것과 다름이 없었다. 역시나 뛰어난 스킬이었다. 진정 만족하지 않을 수 없을 정도로.

오늘 습득한 스킬 전부가 대단했다. 스켈레톤 신관 소환, 모여드는 힘, 그리고 희생까지.

"어떠냐."

"너무 대단해서 할 말이 없네요."

"원래 지금 결코 배울 수 없는 것들이지만. 상황이 상황이니만큼 강제로 주입을 시킨 것이다. 내 이제 시험을 내어줄 테니 그것을 통과하여 완벽히 너의 것으로 만들도록 해라."

[퀘스트 '스킬을 본인의 것으로'가 강제로 수락됩니다.]

"시험의 내용을 알려주마. 먼저……."

[스킬을 본인의 것으로]
[스킬을 꾸준히 사용하여 스스로의 것으로 만들어야 한다.
1. 스켈레톤 신관 소환 신관의 스킬, HP 회복을 사용하여 총 회복량 500만을 달성 하라 (0/5,000,000).
2. 모여드는 힘스킬을 사용하여 계수를 누적시켜라(0/1,000,000).
3. 희생 스킬을 사용하여 생명을 소진시켜라(0/100,000,000).
시간 제한 : 30일.
[성공할 경우 : 스킬의 온전한 획득.]

[실패할 경우 : 스킬 삭제.]

어려운 건지 쉬운 건지, 아니면 적당한 건지 당장은 판단이 되지 않았다.

"아무튼, 꾸준히 사용하면 된다. 알겠느냐?"

"네."

"그래, 시험에 통과하지 못하면 그 스킬은 자연적으로 사라질 거다. 최선을 다하고."

"그럴게요."

"말만 잘하지, 말만. 어서 서둘러, 이 녀석아! 조금이라도 게으름을 피우면 늦을지도 모르니까!"

"예, 그럼 다음에 찾아뵙겠습니다, 스승님."

"흥, 오든지 말든지!"

발시언의 말에 미소를 머금은 채 등을 돌렸다.

일단 칼럼으로 가야지.

성민우, 예린, 김지연 세 사람 모두 약속했던 장소에 이미 와 있었다.

"오빠가 제일 늦었네."

"그러네. 근데 다들 스킬은 배웠고?"

"응, 배웠어."

"당연하지. 근데 임시래."

"그래?"

"우리 전부 똑같더라구. 오빠는?"

"마찬가지야."

"아, 그러면 시험도 비슷하겠나."

"난 스킬 많이 사용하면 될 것 같기는 해."

다행히 네 사람 전부 시험이 비슷했다. 마침 적당한 퀘스트도 있었고.

"차원의 틈, 그거나 하자."

"어차피 섬으로 이동해야 하니까 거기서 빡세게 스킬 사용하면 되겠네."

"오케이!"

"나두 찬성."

무혁 일행은 마르몬에 도착한 후 폴의 안내를 받아 다시 경계 구역에 진입했다.

"자, 시작해 보자고."

모두 임시 스킬을 위주로 사용하며 사냥하기로 사전에 합의를 본 상태였다.

무혁은 아머나이트와 스켈레톤 신관 두 종류만 불러냈다. 아, 추가로 본 드레이크까지.

괜찮은 지팡이를 신관에게 쥐여준 후 사냥에 돌입했다.

"흠……?"

"어어!"

그런데 넷 모두 스킬이 익숙하지 않은 탓에 손발이 잘 안 맞고 어지러워졌다.

"어우, 이거 제대로 안 되네?"

"일단 각자 움직이는 게 좋겠는데?"

"그래, 그러자. 위험하면 도와주고."

무혁은 일행과 거리를 조금 벌린 뒤에 몬스터를 몰이했다. 석들 사이로 아머나이트를 집어넣은 후 마구잡이 형식으로 싸움을 붙였다.

신관, HP 회복. 이후 줄어든 HP를 회복시켰다.

단번에 2,900이 올라갔다. 해당 스킬의 쿨타임은 120초. 생각보다 금방 500만을 채울 수 있을 것 같았다.

어렵진 않겠는데……?

고개를 갸웃거리며 모여드는 힘을 사용했다.

[스킬 '강한 일격'을 사용할 수 있습니다.]

[공격력 계수 : 806%]

[누적 스킬 계수(806/1,000,000)]

모여드는 힘의 쿨타임은 300초. 5분마다 806을 올릴 수 있으니 이론상 6,300분이면 해당 목표 달성이 가능했다.

뭐야……? 시간 제한은 무려 1개월. 그 안에 무조건 달성이 가능한 부분이었다.

쉽네, 정말.

마지막 스킬 희생도 확인해 봤다.

먼저 몬스터 사이로 들어선 무혁 그리고 스킬 희생을 사용했다.
오직 이 순간에만 보이는 선 하나를 본 드레이크와 연결시켰다.

[소환수 '본 드레이크'가 대신하여 HP를 잃습니다.]

입은 피해가 고스란히 본 드레이크에게 전이되었다.

퍽, 퍼벅. 콰아앙!

[소진된 생명량(530/100,000,000)]
[소진된 생명량(1,071/100,000,000)]
[소진된 생명량(1,609/100,000,000)]

순식간에 8만까지 도달했다. 더 이상 하면 본 드레이크가
역소환을 당하기에 멈췄다.

5분마다 8만. 계산해 보니 6,250분이면 1억 달성이 가능했
다. 104시간이 조금 넘어가는 시간. 하루 평균 8시간을 한다
고 해도 2주면 충분하고도 넘쳤다.

"이상하네."

제한 시간은 1개월. 엄청난 여유였다. 고개를 갸웃거리면서
생각에 잠겼다.

아니, 내가 비정상인 건가.

다른 유저의 입장에서 계산을 해보니 이내 납득이 갔다.

보통의 유저였다면 분명 꽤나 어려운 시험이었을 터. 애초에 무혁이었으니 이제 막 배운 스켈레톤 신관의 마법 공격력이 2천을 넘길 수 있었던 것이다. 아머나이트의 숫자가 저렇게 많기에, 그리고 꾸준히 사용했기에 스킬의 계수도 높은 것이고. 마찬가지로 본 드레이크라는, HP가 어마어마하게 높은 소환수가 있어서 희생 스킬에 대한 시험도 이렇게 쉽게 진행할 수 있는 것이리라.

나쁘지 않지. 빡세게 하면 1주면 되려나.

수치가 가파르게 증가했다.

●

일루전의 세계를 24시간 체크하는 운영팀.

띠, 띠, 띠.

갑작스러운 경고음에 팀원이 여러 가지 요인을 체크했다.

엄청난 속도로 키보드를 두드리던 그의 눈동자가 이내 급격하게 커졌다.

"아니, 이런 미친……!"

다크라는 유저가 차원의 틈을 만들기 위해 움직이고 있음을 파악한 것이다.

그는 팀장에게 상황을 보고했고, 그는 해당 동선을 최대한 파악한 뒤에 난이도가 높은 퀘스트를 부여하여 시간을 소모하도록 만들었다.

"얼마나 걸릴까요……?"

"글쎄. 일단 퀘스트가 어려우니 꽤 걸리겠지."

"만약…… 예상보다 빠르게 끝내 버리면요?"

"엿 되는 거지."

"뭔가 방법을 찾아야겠네요."

"그래, 모여봐! 회의하자고!"

긴 시간을 토론했다.

"음, 사실상 크게 방법은 없지 않나요?"

"맞아. 그러니 짱구를 굴려봐야지."

"아, 이건 어때요?"

"뭐라도 좋으니 말해봐."

팀원 한 명이 의견을 개진했다.

"최강자전을 여는 겁니다. 대륙 최강자전이요. 보상을 엄청나게 빵빵하게 걸어서 다크 유저도 참여를 할 수밖에 없게끔 만드는 거죠. 어때요?"

"참여할 수밖에 없게라. 그건 좀 무리이고. 흥미를 느끼는 수준에서 진행해 보는 건 나쁘지 않을 것 같군."

"저기, 근데. 만약 다크가 참여하지 않으면요?"

"또 말해줘? 엿 되는 거라고, 엿!"

"아, 네에……."

팀장이 한숨을 내쉬었다.

"후우, 뭐 별수 없는 일이지. 일단 시간을 끌 수 있는 가능성이 조금이라도 있다면 뭐라도 해봐야 하는 상황이니까. 에이, 미친놈. 벌써 차원의 틈을 열려고 하다니. 저러면 중간계가 무너질지도 모른다고! 어우, 생각하니까 또 열 받네. 아무튼, 뭐든 해보자고. 최강자전, 좋아. 바로 시행해!"

"알겠습니다. 준비하겠습니다."

그렇게 시작된 최강자전. 안타깝게도 다크는 참여하지 않았다.

"이 빌어먹을……!"

도리어 차원의 틈을 만드는 것에 더 주력하고 있었다.

"퀘스트 난이도 상향은 최대로 한 거지?"

"네, 개입 가능한 한도 내에서요."

"뭐 할 수 있는 게 없군. 답답하다, 답답해!"

조마조마한 심정으로 지켜보던 나날. 결국 우려하던 일이 벌어졌다. 결국 차원의 틈이 생성되고야 만 것이다.

"젠장할!"

"저, 팀장님. 아직 끝이 아닙니다."

"또 뭔데!"

"다크 유저가 차원의 틈을 더 빠르게 넓히는 퀘스트를 받을 것 같습니다."

"아, 젠장! 그것도 난이도 높여!"

"하드 난이도로의 변경은 불가능합니다."

"이 멍청아! 조금이라도, 아주 조금이라도 높이라고!"

퀘스트 난이도를 높여 만들어낸 잠깐의 여유. 그사이 팀원이 흥미로운 사실을 하나 보고했다.

"근데 무혁 유저가 차원의 틈을 바로 발견했네요."

"오, 그래?"

"네, 덕분에 헤밀 제국 황제가 그 사실을 알게 되었고요. 아마 곧 대륙 전역으로 해당 정보가 퍼질 것 같습니다."

"으음, 그나마 다행인 건가."

무혁을 바라보는 팀장의 눈길이 온화하다.

"최강자전에서도 우승했었지?"

"네, 맞습니다."

"그래, 뭔가 도울 게 없나?"

"글쎄요……."

고민하던 팀원이 눈을 빛냈다.

"임시 스킬 퀘스트 난이도를 하향할까요?"

"음, 권한이 되나? 인공지능이 막을 텐데?"

"차원의 틈이 등장하자마자 발견했고. 또 해당 사실이 무혁 유저로 인해 대륙 고위층 NPC에게 퍼지게 되는 거니, 그 공을 감한다면 허가가 떨어질 것도 같습니다."

"좋군. 동료들도 같이했잖아?"

"아, 네. 맞습니다."

"그 동료의 퀘스트 난이도 조절도 동시에 진행해 보자고."

"예, 팀장님!"

다행히 긍정적인 방향으로 흘러갔다. 차원의 틈에 관한 소문이 퍼졌고, 퀘스트 난이도 조절에 허가가 떨어진 것이다.

그러나 이내 암담해진다.

"후, 아무리 그래도 그렇지. 하필이면 마계라니……."

놈들은 오직 하나의 목표만을 지니고 있을 것이다.

중간계의 말살. 그것을 과연 막을 수 있을지 의문이었다.

팀장은 의지를 다지며 상황을 파악했다.

"정보는 얼마나 퍼졌지?"

"고위 NPC의 대부분이 정보를 습득했습니다. 하지만 그 아래 중간 계층의 NPC는 아직 습득하지 못했습니다."

"흐음, 조금 기다린다. 다른 변동사항은?"

"아, 지금 다크 유저의 퀘스트가 확정되었습니다."

"내용이 뭐야?"

"차원의 틈이 발생한 지역의 일정 범위 안에서 마물을 처리하는 것입니다. 마물을 처리하게 되면 중간계에 위치한 떠오르는 섬에 몬스터의 숫자가 증가합니다. 그리고 떠오르는 섬에 등장하는 몬스터가 많아질수록 차원의 틈이 열리는 속도가 상승한다고 하는데요?"

"뭐? 이, 미친……!"

팀장이 머리를 빠르게 굴렸다.

"잠깐, 잠깐만. 그러면 몬스터를 죽이면 되잖아?"

"네, 그렇긴 한데……."

"이거 메인 퀘스트로 집어넣을 수 있겠어?"

"예? 메인 퀘스트로요?"

그제야 팀장의 말을 정확하게 이해했다.

"가, 가능할 것 같습니다!"

목소리에 힘이 들어갔다. 하지만 확신할 순 없었다.

"이, 일단 체크부터 해보겠습니다!"

"그래, 지금 당장!"

적막이 흐르고.

"어때?"

"차원의 틈에 대한 정보가 충분히 퍼지지 않아서 인공지능이 거부하고 있습니다."

"강제로 실행하면?"

"실패할 확률이 71퍼센트입니다."

"젠장……! 어쩔 수 없지. 기다리면서 퀘스트 보상에 대해서 생각이나 좀 해보자고."

"음, 일단 보상을 최대한 자주 받을 수 있게 해야 할 것 같습니다. 1차, 2차, 3차 뭐 이런 식으로요."

"이유는?"

"각 보상마다 경험치를 초대량으로 지급하는 겁니다. 그러면 참여하는 유저들의 성장도가 급격하게 증가할 겁니다. 게다가 참여하지 않은 이들도 흥미를 보이고 참여할 테구요. 유저를 최대한 많이 끌어모아서 2차, 3차, 4차 보상을 지급하면서 레벨을 높여야 합니다. 그래야 차원의 틈이 열렸을 때, 조금이라도 더 버틸 수 있을 거라고 생각합니다."

의견을 개진한 팀원을 보며 고개를 끄덕였다.

"좋은 생각이야, 굿이라고, 굿!"

"가, 감사합니다!"

"넌 내가 상부에 보고해서 보너스 지급한다!"

"우오오오!"

"또 좋은 의견 있는 사람?"

몇 명이 손을 들었다.

"얘기해 봐."

"성기사 직업을 지닌 유저에게 히든 퀘스트를 부여하는 겁니다. 목적지는 마계로 지정하고……."

"기각."

"네? 왜요?"

"성기사가 마계로 간다고? 지금 그게 가능할 것 같아?"

"하지만 다크 유저는……."

"다크 그 녀석은 이제 성기사가 아니니까! 애초에 마족과 연계된 히든 직업으로 전향을 한 거라 가능한 거잖아!"

이후로도 의견이 나왔으나 쓸모 있는 건 없었다.

"후, 오늘은 이 정도로 하자고."

"네……!"

그렇게 며칠이 흐르고.

"팀장님! 드디어 NPC의 대부분이 해당 정보를 습득했습니다!"

"차원의 틈에 관해서 말이지?"

"네!"

"메인 퀘스트, 주입 가능성은?"

"99.9퍼센트입니다!"

"좋아, 시행해!"

제3장
반복 보상

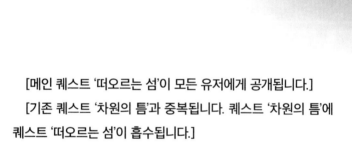

[메인 퀘스트 '떠오르는 섬'이 모든 유저에게 공개됩니다.]

[기존 퀘스트 '차원의 틈'과 중복됩니다. 퀘스트 '차원의 틈'에 퀘스트 '떠오르는 섬'이 흡수됩니다.]

"전부 뜬 건가?"

"떠오르는 섬?"

"응."

"그런 것 같은데?"

"나두 떴어, 오빠. 근데 차원의 틈에 흡수되었다고 나와."

무혁은 고개를 끄덕이며 퀘스트를 확인했다.

[차원의 틈(자동 반복)**]**

[대륙의 중앙에서 떠오르는 섬의 어느 곳. 차원의 틈이 발생했

다. 틈이 벌어지게 되면 정체를 알 수 없는 이들이 침입하게 될 우려가 있다. 그들이 누구인지, 목적이 무엇인지는 알 수 없지만 분명 떠오르는 섬에 존재하는 몬스터를 활용할 가능성이 있다. 지금 당장 할 수 있는 것은 섬에 존재하는 몬스터를 처리하는 것. 몬스터를 말살하라. 200마리당 경험치 보상 지급.]

[몬스터 처리 현황 : 2,621마리.]

[처리 현황이 보상 기준을 넘어섰습니다. 보상을 받으시겠습니까?]

무혁은 얼떨결에 예스를 선택했다.

[대량의 경험치를 획득합니다.]×13
[레벨이 상승합니다.]×2

무려 2레벨이 올라갔다.

"허어."

"오빠, 왜 그래?"

"어? 퀘스트 확인했는데 보상을 받을 수 있더라고."

"보상을?"

"응, 그래서 받았는데 레벨이 2개나 올라서."

"친구, 그 말이 사실이냐?"

"어. 확인해 봐."

곧이어 성민우가 환호를 내질렀다.

"와, 대박! 나도 레벨 2개나 올랐어!"

"나, 나두……!"

"게다가 이거 자동 반복이잖아? 미쳤네, 완전."

"지금 레벨이 몇이지?"

"난 263."

여전히 랭킹은 2위였다. 다만, 1위인 다크와 더 이상 레벨 차이가 나지 않았다. 즉, 동일한 레벨인 것이다.

"어우, 근데도 2위라고?"

"어."

"으, 미쳤네, 진짜."

성민우와 예린은 259, 김지연이 257이었다.

"그럼 이번에 넘어버리자."

"그래야지."

이렇게까지 폭업의 기회가 온 이상 당연히 최선을 다해 활용해 주는 것이 도리이자 예의였으니 말이다.

적극적인 사냥이 시작되었다.

일상을 영위하던 모든 대륙의 유저가 동일한 홀로그램을 받았다.

[메인 퀘스트 '떠오르는 섬'이 모든 유저에게 공개됩니다.]

해당 내용이 홈페이지를 장악했다.

[제목 : 메인 퀘스트 받았나요?]
[내용 : 모든 유저에게 공개라는데.]

└네, 다 받은 거 같은데요.

└대륙 중앙에 섬에 있었군요. 궁금하긴 한데…….

└가 보신 분, 계십니까.

└정보 좀 주세요~^^

└거기 가면 뭐 있나요?

└몬스터도 나오려나.

정보가 있을 리가 없었다. 물론 극소수, 무혁과 그 일행보다 앞서 보카 백작에게 퀘스트를 받은 유저가 있기는 하겠지만 그들은 사실상 퀘스트를 포기한 것이나 다름이 없었을 터. 알고 있는 게 있다면 기껏해야 등장하는 몬스터의 강함 정도뿐이었다.

[제목 : 떠오르는 섬 가는 방법 알려 드립니다.]
[내용 : 제 아이디 클릭해서 유료 게시판에서 보세요. 중요한 정보라 그냥 알려 드릴 순 없으니까요. 결제해서 보시길! 얼마 안 합니다ㅎㅎ]

└어우, 더럽고 치사한 놈.

└저 결제해서 봤는데. 별거 아니네요. 그냥 제가 공유함.

└오, 알려주세요!

└네, 일단 항구도시 마르몬에 가세요. 거기서 돈을 충분히 지불한 후에 중앙 섬까지 이동하는 배를 타면 됩니다.

└그게 끝?

└네, 이게 끝이요

└뭐임. 겁나 간단하잖아요.

└그렇긴 한데, 항구도시가 여러 군데라 마르몬에서만 운영을 하더라고요.

└아하······!

└아마 금방 정보 풀릴 듯.

└돈 받고 팔아야 하는 정도까지는 아닌 거 같네요.

└인정ㅋㅋ 작성자 쓰레기!

└욕은 자제합시다.

그 이후로 몇 시간이나 지났을까.

[제목 : 랭커들, 전부 떠오르는 섬으로 오세요! 여기 경험치 미쳤습니다!]

[내용 : 말 그대로예요! 떠오르는 섬에 당장 오십시오! 몬스터 사냥하는 게 어렵긴 한데 경험치가 미쳤어요, 진짜! 제가 포르마 대륙 필드에서 260레벨 몬스터까지 잡아봤거든요! 근데 여기 몬스터는 260레벨 몬스터보다 사냥도 쉽고, 경험치도 1.5배 이상 더 많습니다! 거의 폭업하는 수준이네요!]

└그렇게 좋으면 혼자 폭업하세요.

└맞음. 가면 시간만 낭비할지도 모름.

└ㅋㅋㅋ 막상 갔는데 경험치 쥐꼬리면 진짜 열 받겠다.

└이거 리얼임? 나 진짜 갑니다?

└갔는데 사기면 아이디 추적해서 캐릭터 파악한 후에 무한 척살령 들어갑니다.

└걸핏하면 척살령이네ㅋㅋㅋ

문제는 그와 비슷한 게시물이 꽤나 올라왔다는 것.

그 덕분일까.

"우리도 가볼까."

"진짜면 확실히 이득이긴 하겠네."

"그렇지."

흥미를 느낀 일부 최상위 랭커가 움직이기 시작했다.

떠오르는 섬, 무혁 일행.

"착각 아니지?"

"아마도."

몬스터의 숫자가 늘어난 것 같았다. 더불어 유저의 숫자도 급증했다. 문제는 몬스터의 증가와는 비교가 되지 않는 수준으로 유저가 늘어났다는 점이랄까.

"뭐, 아직은 그래도 몬스터가 많으니 문제는 없는데……."

"계속해서 유저가 늘어나면 사냥터가 엄청 좁아지겠지."

"어쩌지?"

"흐음, 글쎄. 딱히 방법이 있으려나? 아직은 여유가 있으니까 일단 사냥에 집중하자고."

"쩝, 오케이."

200마리의 몬스터를 잡는 건 생각보다 오래 걸리지 않았다. 잡는 것 자체는 스켈레톤 대군으로 쓸어버리면 순식간이었으니까. 다만, 찾아다니는 게 문제였다. 사냥에 가장 큰 부분을 차지하는 게 이동하는 시간이라고 볼 수 있었다.

"그래도 빠른 편이지?"

"그럼, 1시간에 4, 50마리는 잡으니까."

"5시간 정도면 퀘스트 하나 완료고."

퀘스트 완료. 거기서 얻는 경험치는 중독적이었다.

"진짜 경험치가 너무 좋아서 미쳐 버릴 지경이야."

"나도……!"

"말할 시간도 아깝다. 사냥이나 하자!"

마침 멀지 않은 곳에 리젠된 몬스터.

"오, 타이밍 좋고!"

곧바로 사냥하려는데 어디선가 화살이 날아들었다.

푸욱.

"제가 먼저 쳤습니다!"

"가주세요! 제가 먼저 쳤다니까요!"

그의 어이없는 행동에 무혁은 물론이고 성민우와 예린, 김지연도 미간을 찌푸렸다. 성민우가 고개를 삐딱하게 기울인 채 해당 유저에게 접근했다.

"이봐요, 뭔 짓이에요, 이게?"

"뭐가요?"

"아니, 우리 앞에 리젠이 되어서 잡으려는데 갑자기 저 멀리서 화살 한 대를 날려요? 그러고는 먼저 쳤다면서 달려오는데, 제가 뭔 생각이 들 것 같아요?"

"참, 나. 그래서, 뭐 어쩌라고요? 제가 먼저 때린 건 맞잖아요? 그래서 잡겠다는데 문제 될 게 있나요? 아, 설마 몬스터 뺏겼다고 PK라도 하려고요? 지금 영상 다 찍고 있어요, 조심하세요."

성민우의 얼굴이 붉어졌다. 폭발하기 직전, 뒤에 있던 무혁이 화살을 한 대 날렸다. 정확하게, 무혁의 앞에 위치한 유저에게 꽂혔다.

생각보다 큰 폭발과 함께 유저가 바닥을 굴렀다.

"이, 미친……! 영상 찍고 있다고!"

"그래서, 뭐?"

"뭐……?"

"영상 찍고 있는데, 뭐 어쩌라고?"

무혁이 천천히 다가갔다. 어느새 주변은 스켈레톤이 빼곡하게 메운 상태.

"PK가 왜 있는 줄 아나?"

"무슨 헛소리야……?"

"너 같은 새끼들 죽이라고 있는 거야."

무혁의 검이 휘둘러졌다. 엄청난 속도로.

"이, 미친……!"

순식간에 유저 한 명이 사라졌다.

"너희도 죽어라, 그냥."

"잠깐, 잠깐만!"

성민우의 외침에 무혁이 고개를 돌렸다.

"내 몫도 줘야지!"

"아아, 미안."

성민우가 달려들어 남은 유저를 밀어붙였다.

"오빠, 나도!"

상황은 생각보다 더 빨리 정리가 되었다.

"자, 잠깐만요……!"

"시발, 영상 다 뿌릴 거야!"

"후회할 거라고!"

마지막 발악을 무시한 채 손을 털었다.

"어우, 시원하네. 이 새끼들, 오면 또 죽이자."

"좋지."

순간 성민우의 표정이 멈칫거렸다. 이내 비릿하게 웃었다.

"내가 말이야. 지금 아주 좋은 생각이 하나 떠올랐거든. 들어볼래?"

이어지는 이야기에 모두 크게 웃으며 고개를 끄덕였다. 웃음은 한동안 이어졌다. 김지연이 성민우의 팔짱을 꼈다.

"진짜 대박 아이디어다, 오빠."

"그렇지?"

"응응. 오빠, 최고."

두 사람의 눈에서 하트가 튀어나왔다.

"여기 사람 많다. 아무튼, 좋은 생각이기는 하네."

"크흠, 내가 원래 머리는 똑똑해."

"아이고, 그러셔?"

"흐흐, 알아봐? 말아?"

"알아보자. 어차피 파티 상태니까 두 명 정도는 사냥하고. 둘은 홈페이지 찾아보면 되겠네."

"오케이. 그럼 나랑 지연이가 찾아볼게."

성민우와 김지연은 일루전 홈페이지에 접속해 검색어를 입력했다. 스틸이나 혹은 PK. 무수한 게시물이 떠올랐다. 그것도 오늘 올라온 글이 많았다.

[제목 : 아니, 스틸 진짜 겁나 짜증 나네! 스샷 찍었음!]

[내용 : 스샷 보이시죠? 시발, 떠오르는 섬에서 사냥하고 있는데 스틸 더럽게 하네요. 분명 바로 내 앞에 몬스터가 나왔는데 원거리 공격으로 먼저 때렸다고 자기들 거라고 하잖아요. 숫자도 많아서 그냥 물러나기는 했는데, 하. 진짜 열 받네요. 이 사람들 조심하라고 스샷 올립니다. 참고하세요!]

성민우는 비릿하게 웃으며 해당 스크린 샷을 저장했다.

여섯 놈, 잡았고. 한참을 찾아보니 두 팀이 더 있었다.

"난 세 팀 찾았다!"

"나는 두 팀."

그렇게 목록에 오른 팀은 총 넷.

"총 네 팀이네."

"스샷은 있고?"

"당연하지. 봐봐."

성민우가 스크린샷을 올렸다.

"꽤 많기는 한데, 뭐."

"수시로 보면 되겠지."

"오케이."

"그럼 다시 사냥이나 해보자."

[대량의 경험치를 획득합니다.]

그즈음이었다.

"어? 저기 그 스틸하는 놈들 아냐?"

성민우의 말에 고개를 돌렸다.

"맞나?"

"음, 비슷한 것 같기는 한데.

고개를 갸웃거리고 있을 때 성민우가 다시 한번 스크린샷을
올렸다.

"맞지?"

"어, 맞네. 100퍼센트야, 100퍼센트."

마침 몬스터가 리젠되었고.

파앙!

무혁은 멀티샷을 날려 주변 몬스터를 모두 공격했다.

"제가 먼저 공격했습니다."

그러곤 유유자적, 어그로가 끌린 몬스터를 한자리에 몰았다. 스틸을 당한 스틸러들이 표정을 굳히며 다가왔다.

"아, 시발. 뭔 짓이야!"

"초면에 반말이네?"

무혁이 투구를 벗었다.

"어……?"

그를 알아본 스틸러들이 주춤거렸다.

"무슨 문제라도?"

"그, 그게 아니고. 그렇게 스틸을 하면 어떻게 해요……?"

갑작스러운 존대에 무혁이 피식하고 웃었다.

"그냥 몬스터 있기에 먼저 친 건데요."

"아니, 저희 앞에 있었잖아요. 랭커 2위나 되어 가지고, 그러면 안 되죠."

무혁이 고개를 갸웃거렸다.

"슬쩍 보니까 그쪽 분들도 그런 식으로 사냥하던데요."

"예? 아니, 저희가 무슨……."

"다 봤는데요."

확신하는 어투에 스틸러들이 입을 다물었다. 이어 등을 돌리고서는.

"아, 텄다. 가자."

"퉷. 재수 없게, 진짜. 그래, 그냥 가자, 시발."

그러나 그냥 보내줄 무혁이 아니었다.

"욕은 자제해야지."

윈드 스텝으로 접근한 무혁이 검을 내뻗었다.

스윽.

스틸러의 목 아래에서 멈춘 검날.

"욕 듣고 넘어갈 정도로 마음이 넓진 않아서 말이야."

[크리티컬이 터집니다.]

한 번의 스킬 공격으로 한 명을 처리했다. 뒤이어 부르탄의 기파가 날아들고, 멈칫한 그들에게 달려든 아머기마병이 창을 내지른다. 뒤이어 뼈화살이 그들의 전신을 두드렸고 직후 도착한 아머나이트가 검을 휘둘렀다. 그것으로 끝.

깔끔한 정리 후에 몬스터를 잡았다.

"크, 시원하구만."

속이 확 풀리는 기분이었다.

"이거, 생각보다 재밌는데?"

주변 몬스터도 사냥하고 짜증 나는 스틸러나 PK범을 잡으면서 유저의 수도 줄이고. 그야말로 1석 2조였다.

"또 어디 없나."

이젠 오히려 몬스터보다 스틸러나 PK범을 찾는 것에 혈안이 된 무혁과 일행들이었다.

◉

날이 갈수록 유저의 수가 많아졌다. 덩달아 스틸러와 PK범의 숫자도 늘어났다.

"오, 또 발견!"

이번에는 PK를 일삼는 유저들이었기에 발견하자마자 놈들을 공격해서 죽여 버렸다. 그들이 사냥하려던 몬스터는 당연히 무혁과 일행의 몫이었다.

"좋구요!"

다섯 마리의 몬스터를 처리한 뒤 주변을 훑었다.

"어우, 갈수록 번잡하네."

"그나마 여기가 나은 거지."

"그렇긴 하지."

이곳은 차원의 틈이 위치한 중앙 지역. 몬스터 역시 더 강한 편이었다. 덕분에 아직 몬스터가 더 많은 편이었다.

"경계 구역 바깥은 유저가 너무 많고."

"여기서 살아야지, 뭐."

어슬렁거리며 돌아다니는 몬스터를 공격했다. 무혁 홀로 일곱 마리, 성민우와 예린이 네 마리씩 총 15마리가 한곳에 모여

무차별적인 폭격을 당했다.

"클리어."

주변을 깔끔하게 쓸어버린 탓에 이동이 불가피해졌다. 군마를 타고 속도를 내어 돌아다니다 몬스터가 발견되면 공격당하지 않은 몬스터를 유인하여 한곳에 뭉쳤다. 그러면 메이지의 마법이 날아들어 녀석들을 녹이곤 했다. 퀘스트를 반복해서 클리어하고, 대량의 경험치를 얻으면서 레벨이 올랐다.

"오우, 레벨 업!"

"오, 축하."

"나도 퀘스트 한 번만 더 깨면 업하겠다."

"크, 미친 속도네. 차원의 틈 열리면 끝나겠지, 이것도?"

"아마도."

"후, 그전에 열심히 업해야지."

다시 며칠이 흘렀다. 드디어 무혁이 랭킹 1위가 되었다. 성민우, 예린 두 사람 역시 상당히 랭킹이 올랐다.

"캬, 내가 37위라니……!"

"난 32위!"

누가 뭐라고 해도 부정할 수 없는 압도적인 순위였다. 다만, 김지연은 아직 세 자릿수였다.

490위. 하지만 이 역시 엄청난 순위라는 건 부정할 수 없었다. 일루전을 즐기는 십억의 유저. 퍼센트로 따진다면 무려 0.00001퍼센트보다 더 높은 곳에 해당하는 어마어마한 위치였으니까.

"으, 랭킹 오르는 게 보이니까 더 욕심이 난단 말이야."

"문제는 몬스터가 없다는 건데."

그 순간 한 무리가 눈에 들어왔다. 무려 30여 명. 그들이 수십이 훌쩍 넘어가는 몬스터를 몰고 있었다.

"어우, 많기도 하네."

"유저가 많으니까. 범위를 넓혀서 몬스터를 몰아서 사냥하는 모양이네."

"으흠, 조폭 네크로맨서도 보이고. 어? 근데……."

성민우가 미간을 좁혔다. 이내 활짝 웃었다.

"푸흡, 대박. 저 새끼들, 스틸러들이야!"

"확실하지?"

"그럼! 스샷 찍은 것도 있다고!"

모두 고개를 끄덕였다.

"확실하네."

"몬스터 죽이기 전에 빨리 처리하자고."

이윽고 무혁 일행은 먹이를 노리는 은밀한 뱀처럼 거리를 좁혀 나갔다.

"크, 진수성찬인데?"

후우웅.

나타난 수백의 스켈레톤이 그들을 포위했다.

마법이 수놓아지고 이어 뼈 화살이 날아들었다.

"뭐야, 이거!"

"미친. 누구야!"

피해를 입은 유저들이 황급히 사방을 훑었지만 보이는 건 스켈레톤 무리뿐이었다.

"누구냐고!"

"시발, 요즘 무혁 그 새끼가 개짓거리 하고 다닌다던데! 무혁이냐!"

"대답해, 이 새끼들아!"

굳이? 귀찮게 대답을 왜?

무혁은 대답을 공격으로 대신했다.

아머기마병, 돌진. 엄청난 속도로 뻗어 나간 아머기마병 일부가 수십 명의 유저를 반으로 갈라 버렸다.

직후, 대각선에서 달려든 아머기마병이 그 반을, 또다시 반으로 쪼개었다. 그룹이 나뉘고, 거기서 또다시 나뉘고, 다시한 번 더 나뉜 자그마한 그룹들.

"장난 하냐고오오오!"

"이 개새……!"

그들은 어느새 접근한 아머나이트의 포위망에 갇혔다.

"몬스터 몰아준 건 고맙다."

그제야 들린 무혁의 목소리에 그들은 괴성을 내질렀다.

"이 빌어먹을 새끼야아아아!"

"죽여 버린다!"

물론 달라지는 건 없었다. 스켈레톤의 압박을 벗어나는 건쉬운 일이 아니었으니까. 그들은 발악을 했지만 무혁과 일행은 여유롭게 한곳에 모인 몬스터를 도륙했다.

"경험치 좋고!"

일부러 도발하듯 목소리를 키우는 성민우.

"오, 조금만 하면 퀘스트도 깨겠는데! 크, 몬스터가 엄청 많잖아! 어이, 어이! 벌써 죽으려고? 다음에 또 부탁 좀 할게! 그때도 지금처럼만 모아놓으면 참 좋겠네."

성민우는 그 말을 끝으로 마지막 유저까지 숙여 버렸다.

"크흐흐."

뒤이어 입을 다문 채 몬스터 사냥에 집중했다. 유저를 놀리는 것에도 재능이라는 게 필요할지 모른다는 생각이 문득 드는 순간이었다.

⬤

다른 의미로 유명해진 무혁과 일행들.

[제목 : 아, 무혁, 그 빌어먹을 놈들!]
[내용 : 진짜 이거, 어떻게 해야 하는 거 아니에요? 떠오르는 섬에서 랭킹 1위라는 작자가 PK만 엄청나게 해대고 있는데! 아니면 유저들끼리 힘이라도 좀 합쳐보든가요!]

그러나 댓글은 부정적이었다.

└**뭐래요? 이놈들 딱 봐도 PK범.**
└**아니, 스틸범일지도.**

└무혁 님은 스틸러랑 PK범만 잡고 있던데.

└맞음.

└저도 사냥하다가 스틸범 또 등장해서 자리 피했는데, 마침 무혁 님이랑 일행들 와서 그 유저들 죽이더라고요. 바로 옆에서 사냥 중인 저희는 그냥 지나쳤고요.

└ㅋㅋㅋ 딱 봐도 작성자 스틸범이나 PK범 맞음.

└ㅇㅇ. 이거 일루전 TV에서도 무혁 님이 언급했음.

└지금도 일루전 TV 보면 나옵니다.

└쪽지 보냈습니다.

└쪽지? 님도 PK범임?

└그런 듯. PK범이랑 스틸러들끼리 합치는 거 아님?

└헐, 그럼 안 되는데……?

└기대하세요.^^

꽤나 의미심장한 댓글이 달리기도 했다. 작성자, 김유한. 그는 댓글을 확인하자마자 쪽지함으로 이동했다.

[제목 : 게시물 보고, 연락드립니다.]

[내용 : 저도 무혁 유저에게 PK를 당한 입장입니다. 제 동료들 11명 전부요. 그쪽 인원이 얼마나 될지는 모르겠지만 당한 유저들을 모아서 무혁을 잡아버리면 어떨까 싶어서요. 대충 모아도 인원이 100명은 넘을 것 같은데……. 흥미 있으면 답장 주시길.]

그에 김유한이 비릿하게 웃었다.

"크큭, 좋은데?"

그의 입장에서는 당연히 땡큐였다. 안 그래도 무혁에게 두 번이나 죽으면서 이틀을 날려 버렸다. 그 짜증이 극에 달한 지금, 그는 무슨 짓이라도 할 수 있을 것 같았다.

지금 자리에 있으려나?

1:1 채팅을 걸었다.

[쪽지 받고 채팅 겁니다. 저랑 팀원은 좋다고 했습니다. 언제 어디서 모일지, 정확하게 알려주세요.]

[그러죠. 유저들 모이는 대로, 정확하게 알려 드리죠.]

[기다리겠습니다.]

이후 동료들에게 연락을 취했다.

"그래, 잡을 수 있다니까. 그럼, 내가 누구야? 무리한 짓을 할 리가 있냐고. 모이는 인원은 백 명이 넘는다니까. 그래, 그렇다니까. 뭐? 영상? 좋지. 크흐흐흐."

동료를 설득하는 건 아주 쉬운 일이었다. 그들 역시 이를 갈고 있었을 테니까. 꽤나 재밌는 판이 그려질 것 같은 확신에 절로 스트레스가 풀리는 기분이었다.

3일이 지났을 무렵, PK범과 스틸범이 한자리에 모였다.

그 숫자만 150여 명.

"꽤 많네요."

"여기 있는 사람 전부 무혁, 그 빌어먹을 놈한테 다 당했다는 거죠?"

"네, 진짜 짜증 나네요."

외국인의 숫자도 많았다. 그래도 말은 통했다. 자동으로 번역을 해주는 일루전 게임의 특징이었다.

"오늘 무조건 복수하는 겁니다!

"그래야죠."

"자, 일단 계획부터 짜자고요."

쪽지를 보내 유저들을 모은 사내, 파란. 그의 말에 김유한이 고개를 갸웃거렸다.

"파란 님, 굳이 계획을 짤 필요가 있나요?"

"네, 무혁이니까요."

"아무리 그래도, 거긴 네 명이고 우린 150명인데요."

"그래도 랭킹 1위잖아요."

파란은 무혁의 강함을 잘 알고 있다. 최강자전에서 붙어봤기에. 참으로 허무하게 져서 그 강함을 뼈저리게 알고 있다. 다만, 너무 쉽게 진 탓에 오히려 숨겨진 무서움까진 깨닫지 못했다.

그러나 한 가지는 확신했다. 준비가 필요하다는 것. 유저가 많다고는 하지만 그래도 100퍼센트 성공을 위하여.

"확실하게 이겨야죠."

"흐음, 그렇긴 한데."

"저도 복잡하게 계획할 생각은 없습니다. 유한 님 말처럼 유저가 150명이니까요. 다만 어떤 손서로 공격할지 정도는 정해야죠. 괜히 동선이 겹치면 더 복잡해질 뿐이거든요."

"아아, 네. 그렇겠네요."

"자, 그럼 동의한 걸로 알고 대충 위치 선정부터 해보죠. 동선이 겹치지 않도록요."

그에 유저들이 목소리를 높였다.

"일단 직업별로 나눠보죠."

"그게 좋겠네요."

"원거리 공격을 할 때는 신호를 주고……. 아니면, 차라리……. 그것보다는, 이렇게……!"

꽤나 긴 토론 끝에 대부분이 수용할 계획이 수립되었다.

"괜찮네요."

"이 정도면 뭐, 쉽게 이기겠죠?"

"당연하죠. 겨우 4명인데."

"가보자고요!"

다들 배에 탑승했다. 저 멀리, 떠오르는 섬이 보였다.

"내리죠."

"후, 가자고요……!"

모두들 눈에 열망을 피워올렸다. 무혁의 죽음. 오직 그것을 위해 각자의 무기를 만지작거렸다.

"일단 흩어져서 찾아보죠."

"소환 계열 유저분들이 고생 좀 해주세요."

"네, 그러죠 뭐."

단번에 수백 마리가 넘어가는 소환수가 나타났다.

"크, 많네요."

"엄청난데요?"

"와, 소환 유저님들 몇 명이나 되는 거죠?"

"아까 직업군 나눴을 때 한 10명 정도 되던데요."

"에, 10명치고는 소환수가 적네요."

"아무래도 조폭 네크로맨서 유저님은 한 명뿐인지라."

"아아……."

"그래도 이 정도면 충분하죠."

"그럼요."

그들은 소환수를 사방으로 퍼뜨렸다.

"경계하면서 중앙 지역으로 가보죠."

걸음을 내디딘다. 꽤 시간을 소모한 끝에 드디어 중앙에 도착했다.

"어, 찾았어요!"

마침 무혁도 발견을 했고.

"자자, 일단 퍼져서 포위망부터 형성하자고요. 그래야 확실한 복수가 완성될 겁니다. 한 사람도 빠지지 않고 제대로 지시 따라주세요. 그리고 무혁 그 새끼만 죽으면…… 아시죠? 중앙 구역은 우리 차지가 되는 겁니다."

"크으……!"

"무혁부터 잡고. 주변 유저들 다 쓸어버리자고요."

눈동자에 열기가 솟구쳤다.

"그럼, 은밀하게 움직이죠!"

유저들이 사방으로 퍼졌다. 그리고 잠시 후, 나무 위에 있던 스컬 스네이크 한 마리가 은밀히 아래로 내려왔다.

●

무혁은 스컬 스네이크로 확인한 것을 일행에게 일러줬다.

"음, 우리를 노리는 것 같다고?"

"어, 처음엔 잘 몰랐는데 보다 보니까 전부 우리가 죽였던 유저들이더라고."

"PK범이랑 스틸범이 뭉쳤다는 거네?"

"하, 이 새끼들……."

성민우가 미간을 찌푸렸다.

"그래도 150명이면 많기는 한데."

"갇히면 힘들겠지."

그때 예린이 나섰다.

"오빠, 도망쳐야 돼? 으, PK범이랑 스틸범한테서 도망치는 건 싫은데."

그녀의 말에 무혁이 웃었다.

"싸워볼까?"

"난 좋아!"

"시원하구만. 나도 콜."

"나, 나두."

모두 전투 의욕을 불태웠다.

"일단 자리부터 옮기자고. 포위만 안 되면 되겠지."

"악명도 꽤 오르겠네."

"악명이 높은 상태에서 죽으면 아이템 떨어지니까 진짜 조심해라."

"오케이."

긴장감까지 서린다.

"오랜만에 제대로 놀아보자고."

"난 방송 좀 틀게."

"어, 그럼 모르는 척 사냥하면 되나?"

"그래 주면 좋지. 혹시라도 우리가 알고 있다는 정보가 새어나가면 안 되니까."

-오, 방송이다!

-이게 얼마 만이에요……!

-무혁 님ㅠㅠ 방송 좀 자주 해주세요…….

-요즘 가끔씩만 트시는 듯…….

무혁은 가볍게 사과한 후 근처 몬스터를 사냥했다.

"경험치는 역시나 좋네."

"그럼, 그럼."

오직 사냥이 목적인 것처럼 보이는 몬스터를 열심히 잡았다. 그와 동시에 시야 공유로 상황을 파악한 후 가장 포위망이 얇은 곳으로 나아갔다. 머지않아 놈들과 마주쳤다.

"음, 지금부터 재밌는 걸 보여 드릴게요."

-재밌는 거?

-오, 기대되는데요. 뭘까요?

-사냥터에서 재밌는 거라⋯⋯.

-아, 요즘 PK범이랑 스틸범 잡는다는 소리는 들었어요.

-맞네. 그놈들 발견하신 모양ㅋㅋㅋㅋ!

-쓸어버리죠. 가즈아아아!

"빠르게 처리하자고."

"오케이."

먼저 윈드 스텝으로 나아가 해당 유저 무리를 정리했다.

"무혁이다!"

"시발, 막아!"

"죽여 버려!"

그 공격에 무혁의 존재를 눈치챈 이들이 크게 소리치며 달려들었다. 무혁은 그들의 광기에 슬쩍 뒤로 물러났다.

메이지, 마법.

그 순간 하늘에서 마법이 내리꽂혔다.

[악명이 증가합니다.]

[악명이…….]

횡하니 뚫린 길목. 앞으로 달려 포위망을 벗어났다. 천천히 몸을 돌려 좌우에서 달려드는 유저를 눈에 담았다.

"저기 있다!"

"시발, 포위망부터 구축하라고!"

"이미 뚫렸어! 그냥 죽여!"

아머나이트와 기마궁수를 좌측으로, 아머기마병을 우측으로 보냈다.

"난 우측으로 갈게. 지연이는 여기 있어."

"으응……!"

성민우가 정령과 함께 내달리고.

"나도 오빠 옆에 있을래."

"그래."

예린은 백호를 좌측으로 보낸 뒤 아이스 계열의 마법을 날렸다.

"계속 움직여야지."

"웅!"

소환수를 지켜보며 간간이 공격을 날렸다. 그러면서도 포위 당하지 않기 위해 거리를 유지했다.

"예린아, 지연아. 더 위로 가자."

"으응!"

사방을 경계하면서 스켈레톤을 지휘하고, 그러면서도 무혁 본인도 공격에 가담한다. 그러나 시간이 지날수록 모여드는 유저의 숫자가 많아졌다.

"흐음."

꽤 많은 소환수가 죽어 나가기 시작했다.

둘, 셋, 다섯, 일곱……!

반대급부로 MP는 차올랐다.

조금만 더.

아직은 버틸 때였다.

아머나이트와 기마궁수, 그리고 아머기마병으로 유저들을 살금살금 약 올린다. 그렇게 한곳으로 뭉치게 만든 뒤에 마법을 날렸다.

"소환사 뭐 해요! 소환수부터 보내라고요!"

적대 유저의 소환수가 앞으로 나왔다. 녀석들이 대신 맞아 준 탓에 적들의 피해는 거의 없었다. 무혁은 개의치 않고 공격을 이어갔다.

쾅, 콰과과광!

여전히 소환수만이 죽어가는 상황.

"후아."

적대 유저들이 조금씩 여유를 찾았다.

"좀 살겠네요. 원거리 유저분들, 공격 계속해요!"

"무혁이 너무 멀어서……!"

"가까이 가면 되죠!"

"앞에 스켈레톤이 막고 있잖아요!"

결국 소환수끼리의 대결이 잠깐 이어졌다. 당연히 무혁의 스켈레톤이 압도했다.

"이대로 가면 소환수 다 죽고 우리 차례잖아요. 같이 공격하자고요!"

"갑시다!"

그 순간, 본 드레이크가 뛰어올랐다.

본 브레스.

독성 물질의 날카로운 뼛조각이 전방으로 뻗어 나갔다.

"힐, 힐 주세요!"

곧이어 자이언트 대시로 유저들 사이로 난입했다.

이어지는 본 스피어.

멈추지 않고 사방을 휩쓸었다.

"이 미친 소환수부터 처리하자고요!"

각종 스킬이 본 드레이크를 가격했다.

부서지는 신체. 그러나 뒤에서 뿜어진 새하얀 기운이 본 드레이크를 감쌌다.

[본 드레이크의 HP가 회복됩니다.]

신관의 치유 마법이었다. 거기에 암흑 치유의 정령까지 수시로 회복을 걸어주는 상태였다. 쉽게 죽어주지 않았다.

그 틈을 타서 아머기마병이 돌진했다.

적대 유저와 그들의 소환수를 반으로 갈라 버렸다.

사방으로 뻗어 나가는 창날.

-가속 찌르기!

그 뒤를 쫓은 무혁의 등장.

풍폭, 백호검법……!

한순간 전방에 있던 근접 유저가 뒤로 밀려났다. 그를 쫓아
가며 근접 스킬을 연이어서 사용했다.

"무혁, 무혁부터 잡아!"

모여드는 유저를 보며 비릿하게 웃고는 가볍게 공격을 피하며
후퇴했다. 이후에 곧바로 무기를 활로 바꾼 뒤, 스킬을 택한다.

[스킬 '파워샷'을 사용할 수 있습니다.]

뻗어 나간 화살이 맹렬하게 회전했다. 그것은 정면으로 다
가오던 유저의 가슴팍에 정확하게 꽂혔고 미사일처럼 거대한
폭음과 함께 주변이 초토화되었다. 정확하게 맞은 유저는 즉
사, 나머지 유저들은 폭발에 휘말린 채 밀려났다.

"이, 미친……!"

잠깐의 적막. 그러나 뒤쪽에 있어 정확하게 보지 못한 이들
은 목소리를 키우며 선동했다.

"스킬 쿨타임일 겁니다! 돌격합시다!"

"지금 끝내야 됩니다!"

끝없이 공격을 부추기는 소리. 흥분한 상태에서 그 소리가
몸에 각인되었다.

"그래, 가자고!"

"시바, 해보자!"

"으아아아아!"

그러나 이미 무혁은 꽤나 멀어진 상태였다.

그 순간, 사방에서 바람이 불었다. 일부 스켈레톤이 사라지더니 그보다 몇 배, 아니, 몇십 배는 더 많은 데스 스켈레톤이 모습을 드러냈다. 민첩한 속도로 달려드는 놈들.

[상태 이상(둔화)에 걸립니다.]

[상태 이상(혼란)……]

그것들에게 공격당하자 각종 상태 이상 디버프가 걸렸다. 뒤이어 적대 유저들은 스켈레톤들의 연속 찌르기 공격을 당하거나 혹은 공격을 시도하다가 자폭에 휩쓸려 죽어버렸다. 일부는 목숨을 건사한 채 허겁지겁 물러났고 말이다.

"어, 어어. 미친. 피해!"

데스 스켈레톤의 숫자는 많았다. 500마리 이상.

2, 3마리가 붙어 한 번에 자폭을 하면 웬만한 유저는 버티지 못했다. 그냥 죽어버리는 것이다.

치유 마법을 시간도 없었다. 그렇게 사라지는 유저들.

정신을 차리고 보니 주변에 남은 유저는 별로 없었다.

"어, 어어……."

급히 동료를 찾았지만 기껏해야 30여 명이었고, 그것도 사방에 퍼져 있는 터라 빠르게 뭉치기도 어려워 보였다.

그때, 무혁이 천천히 다가왔다. 그는 지금 시야 공유로 적대 유저 대부분의 위치를 가늠하고 있는 상태. 무혁이 깔끔한 처리를 위해 아껴두고 있던 스킬을 사용했다.

소환수 흡수.

"후아……."

그 힘을 폭발시켜 흩어져 있는 적대 유저를 한 명씩 처리해 나갔다.

다가가는 무혁에게 쏟아지는 스킬들.

희생, 포이즌 오우거.

[소환수 '포이즌 오우거'가 대신하여 HP를 잃습니다.]

무혁은 그들의 공격을 피하지 않았다. 이참에 어느 수준인지 제대로 파악을 할 생각이었기에. 계속되는 공격에 드디어 포이즌 오우거의 HP가 바닥까지 떨어졌다.

희생 스킬을 캔슬한 뒤에도 공격을 당해줬다.

생각보다 천천히 줄어드는 HP. 충격 흡수가 한계치인 90퍼센트에 도달했으니 당연한 일이었다. 그렇다고 해서 이렇게 아무것도 안 하고 무방비로 공격을 당해주면 버티는 시간이 그렇게 길진 않을 것이다. 그러나 무혁은 아직 뭔가를 할 생각은 없었다. 가만히 당하기만 했을 때의 HP가 감소하는 양과 시간을 체크를 해둘 생각이기 때문이었다.

쾅, 콰콰콰광!

생각보다 HP가 줄어드는 속도가 더뎠다. 그는 걷는 속도를 높였다.

"미친, 왜 안 죽어!"

"죽으라고오오!"

"이것들이, 제대로 공격 안 해!"

가까워지면서 정확도가 올라간 모양이었다.

오, 좀 아픈데.

하지만 회복 스킬이 있기에 부담은 크지 않았다.

익스체인지. MP를 소모하여 HP를 채웠다.

윈드 스텝. 한층 더 속도를 올렸다.

이제 끝내야겠네.

더는 체크해야 할 것도 없는 상황. 무혁은 소환수 흡수의 유지 시간이 종료되기 전에 적대 유저를 처리하기로 했다.

본격적으로 움직여 볼까.

스팟.

빠르게 달려들어 유저를 베어 넘겼다.

"그, 그레이트 힐!"

고개를 돌려 회복 스킬을 사용한 유저에게 달려갔다.

푸욱.

그를 처리한 후 다른 유저를 공격했다.

"나도 있다고!"

그곳으로 성민우가 달려들었다. 무수한 정령과 함께. 그 뒤에는 예린의 백호가 힘이 되어주고 있었고 그 와중에도 김지연의 안전은 확실하게 챙겼다.

그렇게 얼마나 날뛰었을까.

"어? 뭐야. 벌써 끝?"

"아니, 저기 있네. 내가 끝낼게."

남은 유저는 단둘이었다.

풍폭……!

둘은 서로 딱 붙은 채 무혁의 공격을 버텨냈다.

"크윽……!"

PK범과 스틸범을 끌어모은 파란, 그리고 김유한이었다.

둘이서 무혁의 공격을 힘겹게나마 막아내고 있었다.

흐음.

시간이 얼마 남지 않은 터라 더 이상 놀아줄 순 없었다. 무혁은 백호보법을 사용한 후 틈을 노렸다. 그제야 제대로 공격이 들어갔다.

콰아아앙!

뒤로 날아가는 김유한을 향해 화살을 연사했다.

그리고 곧바로 몸을 틀어 멀어지는 파란을 쫓았다.

풍폭, 백호검법, 제3초식 백호참.

날아가는 반월 형태의 검기.

서걱.

그 기운이 파란의 허리를 베어버렸다.

[즉사 효과가 터집니다.]

아주 오랜만에 터진 효과와 함께 상황이 종결되었다.

-와ㅋㅋㅋㅋㅋㅋㅋㅋㅋㅋㅋㅋ

-할 말이 없네요…….

-몇 명이었죠?

-대충 헤아리긴 했는데 얼추 100명은 넘은 듯요.

-훨씬 더 많을걸요? 무혁 님이 상대한 유저만 100명은 될 듯. 강철주먹 님이랑 예린 님이 상대한 유저까지 생각하면 뭐…….

-그 많은 유저가 네 사람한테 죽은 거?

-ㅋㅋㅋㅋㅋ겁나 웃기네.

-근데 왜 싸운 거예요?

그 질문에 각종 스크린 샷이 올라왔다.

-보이세요? 저 XX들 전부다 PK범이거나 스틸범이에요.

-헐, 진짜요?

-네, 이것도 보세요.

이번에는 아예 영상이었다.

-제가 직접 당했죠

-허얼.

-와, 무혁 님 정의구현하셨네.

-왜 싸우나 했네요.

-ㅋㅋㅋ 역시 무혁 님이시다!

-대단하다……!

-저 유저들 이미 무혁 님한테 몇 번씩 당했을걸요.

-아, 그래서 복수하려고 모인 건가요?

-맞음!ㅋㅋㅋ

-그런데 발린 거고요?

-그렇죠.

-불쌍하구만요.

-ㅋㅋㅋㅋ

무혁이 방송했던 내용은 곧이어 홈페이지에도 올라갔다.

[제목 : 100명이 넘는 PK, 스틸범들. 무혁에게 덤비다.]
[내용 : 그 끝은 허무한 죽음뿐이었으며…….]

순식간에 이슈가 되었고, 인터넷 포털 사이트의 기사 메인을 차지했다. 실시간 검색어에도 올랐다. 아이템을 착용하고 있는 생김새가 고스란히 퍼져 버린 것이다.

1위. 랭킹 1위 무혁

2위. 4대150

3위. 악인 연맹

…….

무혁은 또 한 번의 인기를 얻었고, 스틸범과 PK범은 이번 사건으로 인해 평생 지워지지 않을 낙인이 찍혀 버렸다.

[누적 스킬 계수(1,000,000/1,000,000)]

[스킬 '모여드는 힘'을 습득합니다.]

드디어 임시 스킬 하나를 본인의 것으로 만드는 것에 성공했다. 다른 두 개도 얼마 남지 않은 상황이었다. 그렇게 1시간이 채 흐르지 않아 나머지 스킬들도 목표점에 도달했다.

[스킬 '스킬레톤 신관 소환'을 습득합니다.]

[스킬 '희생'을 습득합니다.]

임시 딱지를 전부 떼어낸 것이다.

"후아, 난 끝났다."

"벌써?"

"어, 넌?"

"음, 나도 막바지긴 한데, 하루는 더 걸릴 것 같은데."

"금방이네. 어차피 기간도 많이 남았고."

"그렇긴 하지."

"예린이는?"

"나도 이제 곧 전부 도달할 것 같아."

"나, 나두……!"

성민우가 아무래도 가장 늦을 것 같았다.

"네가 꼴찌네."

"크흠. 뭐, 어쩔 수 없지."

"그래, 네가 제일 게을렀으니까."

"인정."

성민우는 어깨를 으쓱이며 농땡이를 쳤다.

"좀 쉬자."

"벌써?"

"어차피 몬스터도 별로 없잖아. PK범이랑 스틸범도 방금 전에 다 죽였고."

"쩝, 유저가 너무 많이 늘긴 했지."

이젠 몬스터보다 유저의 숫자가 배는 더 많았다. 주변을 둘러보다 무혁은 고개를 저으며 그늘에 앉았다. 예린과 김지연도 다가왔다.

"그래, 좀 쉬자. 뭐라도 먹을까?"

"나는 콜."

"오빠, 나 오늘은 초밥 먹고 싶어."

"초밥 좋지."

무혁은 1회용 요리 도구를 펼쳤다. 탁자 위에 도마를 올리고 이미 손질이 끝난 생선을 인벤토리에서 꺼냈다. 인벤토리 안에서는 시간이 흐르지 않기에 재료는 싱싱함, 그 자체였다.

"이래서 일루전이 좋다니까, 재료가 전부 인벤토리에 넣는 순간의 상태로 유지가 되니."

"최고지."

덕분에 지금도 이처럼 쉽게 요리할 수 있는 것이고.

"자, 먹어봐."

"워후, 아름답구만."

"오빠, 잘 먹을게!"

굵고 긴 회가 적당히 쥐어진 밥알 위에 올라와 있었다. 생와사비가 들어간 간장에 초밥 끄트머리를 살짝 찍었다. 입을 크게 벌려 한입에 넣었다.

"크으……!"

"와, 진짜 식감 예술……."

"너무 고소해……!"

"마, 맛있어."

세 사람 전부 황홀한 표정으로 초밥을 먹었다.

"참, 오빠도, 아."

"아아."

예린이 초밥 하나를 무혁의 입에 넣어줬다.

"으음. 역시……!"

직접 한 요리임에도 불구하고 맛있었다.

[포만도가 차오릅니다.]

충분히 배를 불린 후 다시 주변을 돌아다녔다.

"와, 진짜 사람 더럽게 많네……."

몬스터가 거의 보이지 않았다.

"어, 저기 리젠!"

그나마 리젠이 되는 시간은 되어야 겨우 10마리 이상을 잡는 수준이었다. 잡고 나면 대부분의 몬스터를 유저들이 사냥하는 중이니, 다시 움직여야만 했다. 그러다 운 좋게 돌아다니는 몬스터가 나오면 급히 달려가 처리했다.

그럼에도 떠나지 못하는 이유. 몬스터의 경험치? 높긴 했으나 이 정도로 유저가 많으면 오히려 레벨 업 속도는 더뎌지게 마련이다. 다만, 이곳이 다른 사냥터와 다른 한 가지. 바로 '반복 퀘스트'의 유무였다. 퀘스트를 깨면 지급되는 경험치가 너무 높았기에, 그 달콤함을 잊지 못하는 것이다.

"뭐, 그래도 레벨 진짜 많이 올리긴 했지."

"더 올려야지."

"기간만 좀 길면 300 가까이 찍긴 하겠는데……."

무혁의 레벨이 현재 271. 시간만 주어진다면 300레벨도 불가능한 건 아니었다.

"뭐, 그건 무리겠지, 아무래도."

"모르지, 아무도."

차원의 틈이 언제 열릴지 누구도 장담할 수 없는 문제였으니까.

"열심히 사냥이나 하자고."

고민을 털어버리고 리젠된 몬스터를 최대한 끌어모았다. 다른 유저들이 스틸이라 느껴지지 않을 정도의 적당한 수준에서.

"꽤 많네, 이번엔."

총 21마리. 적지 않은 몬스터를 단번에 녹여 버렸다.

[처리 현황이 보상 기준을 넘어섰습니다.]
[보상을 받으시겠습니까?]

무혁은 웃으며 예스를 눌렀다. 단번에 차오르는 경험치. 네다섯 번만 더 퀘스트를 깨면 레벨이 오를 것 같았다.

"어……?"

그 순간, 무혁이 걸음을 멈췄다. 스컬 스네이크의 시야, 거기서 결코 기다리지 않았던 사건의 발생을 확인한 까닭이었다.

"돌아가야겠다."

"응? 어딜?"

"아, 미친. 설마……?"

무혁이 대답하기도 전에 홀로그램이 떠올랐다.

[메인 에피소드 3, '차원의 틈으로'가 오픈됩니다.]

제4장
메인 에피소드

정신을 차릴 틈이 없었다. 차원의 틈에서 쏟아지는 각종 마물 때문이었다.

"미친, 에피소드 3이라고?"

"지금? 이렇게 갑자기?"

처음에는 의문이 먼저였다. 그러나 시간이 흐르면서 끝도 없이 밀려드는 마물의 숫자에 정신을 차릴 수밖에 없었다.

"아니, 그보다 저기서 나오는 이상한 녀석들은 뭐가 저렇게 많은 건데!"

마물은 해일이 되었고 유저는 그 앞에서 자그마한 생명체가 되었다.

해일에 휩쓸리는 존재. 차원의 틈 주변에 있던 유저 대부분이 한순간에 사라진 것만 같았다. 그러나 이내 착각이었다는 듯 사방에서 격한 폭발과 함께 빛이 새어 나왔다.

이곳에 모인 이들은 모두가 실력에 자신이 있는 상위 유저. 마물에 휩쓸려 허무하게 죽을 이유가 없었다. 숫자가 많다고 는 하지만 마물들은 기껏해야 150레벨이 되지 않는 미약한 존 재일 뿐이었다.

"별거 없잖이!"

"약한데 경험치는 좋고!"

"경험치 밭이다!"

점차 터져 나오는 빛이 많아졌다. 이내 마물을 집어삼켰다. 한순간에 전세가 역전되어 버린 것이다.

스윽.

그때 마물과는 다른 존재가 등장했다. 최상급 마족, 데미우 스. 그는 되려 유저의 힘에 휩쓸리는 마물을 보며 미간을 찌푸 리더니 이내 손을 슬쩍 들어 올렸다. 거기서 뿜어진 검은 기운 이 주변 공간을 장악했고, 동시에 마물들의 움직임이 달라졌 다. 한층 격이 높아진 것처럼 말이다.

"미친……!"

유저들은 조금 당황했지만 아직 밀릴 수준은 아니었다.

그러나 마족도 한 명은 아니었다. 뒤이어 상급 마족이 등장 했고, 그는 다수의 중급 마족을 휘하로 두고 있었다.

중급 마족 모두가 힘을 발산했다. 모두가 다른, 각자 지니고 있 던 어둠의 기운이 마물들에게 흡수되었다. 뒤이어 더 많은 마족 이 등장했다. 중하급은 물론이고 상급 마족도 두루 섞여 있었다.

어느새 백이 훌쩍 넘어선 그들 전부가 마기를 뿌렸다.

키아아아아악!

더불어 마물들의 형태가 변했다. 거대해졌고 빨라졌다.

"힐, 힐부터……!"

"아니, 공격을……."

차원의 틈, 그 주변에 있던 유저들은 어느새 고요히 사라졌다. 허무한 죽음이었다. 조금 떨어진 곳에서 전투를 지켜보던 유저들이 갈팡질팡했다. 어찌해야 할지 갈피를 잡지 못한 탓이었다.

"미친, 뭐야……?"

"왜 계속 강해지는 건데?"

그러나 유저들과 달리 마물은 망설임이 없었다. 주변으로 빠르게 퍼졌다. 유저들은 마물이 다가오니 상대할 수밖에 없었다.

"왜 이렇게 세냐고!"

150레벨이 되지 않던 마물. 그들은 마족의 힘을 잠시간 부여받았고 덕분에 250레벨이 훌쩍 넘어가는 파괴력을 지니게 되었다. 뒤이어 나타난 마족들은 상황을 지켜볼 뿐, 더 이상 마기를 부여하지 않았다. 여기서 더 부여하게 되면 마물도 버티지 못하고 죽어버리기 때문이었다.

"역시 인간들이란……."

겨우 마물에게 죽어 나가는 모습을 보니 우스웠다.

"금방 처리하겠군요."

"그렇겠지."

"전부 노예로 삼아서 돌아가죠."

그때, 어디선가 등장한 한 무리가 마물에게 뛰어들었다. 엄청난 속도로 마물을 죽여 나갔다.

"흐음?"

그에 최상급 마족, 데미우스가 흥미롭다는 시선을 던졌다.

"제칼. 가서 놀아주고 와라."

"알겠습니다!"

중급 마족, 제칼이 마물을 끌고 무혁에게 다가갔다. 그러나 길목에 위치한 데스 스켈레톤이 수시로 달려들어 자폭을 일삼았다.

"뭐, 이딴 것들이!"

손을 휘저어 보지만 그 탓에 오히려 피해가 더 커졌다.

"쯧."

결국 마물을 내버려 두고 혼자 무혁에게 접근했다. 무혁도, 그가 다가올 수 있도록 길을 터줬다.

마족이라……? 얼마나 강한 거지?

처음으로 상대하는 자들이었다. 알아볼 필요가 있었다.

"어이, 인간."

"뭐지?"

"꽤 강하던데. 이름이 뭐지?"

무혁은 신중했다. 대화를 통해 정보를 얻어낼 수 있다면 충분히 연기할 생각도 있었고.

"묻는 쪽이 먼저 말해야지."

"흐음, 당돌하군. 난 제칼이다. 넌?"

"제칼? 마족은 단계가 있다고 들었는데."

"하, 중급 마족이다. 되었나?"

"그렇군."

"넌 이름이 뭐냐고 물었다."

"알 필요 없어."

무혁은 대답 대신 화살을 날렸다.

풍폭, 파천궁술 제3초식 파천사.

그에 놀란 제칼이 황급히 손에 들린 두 개의 단검을 십자 모양으로 교체시켰다.

카가가각!

폭발이 일어나 주변을 밀어냈다. 가라앉은 먼지를 뚫고서 분노로 일그러진 표정의 제칼이 달려들었다.

"이, 빌어먹을 인간이, 감히⋯⋯!"

다가오는 그를 눈에 담는다.

파앙!

한 번 더 화살을 날렸다. 한참을 뒤로 밀려나는 제칼을 향해 또 다른 화살이 날아든다. 놀란 그가 바닥을 굴렀다. 중급 마족으로서의 자존심에 금이 가는 순간이었다.

"감히, 감히⋯⋯!"

그러나 할 수 있는 게 아무것도 없었다.

카강, 카가각!

날아드는 화살을 막거나 피하는 것만으로도 그에겐 충분히 벅찼으니까.

"어떻게, 어떻게 인간 따위가아아아!"

이어지는 연사에.

"크아어어억!"

괴성을 내지르며 쓰러졌다. 그런 놈의 미간에 꽂힌 화살이 꽂혔고, 이후 연기가 되어 사라졌다.

"재밌는 인간이군. 너희는 주변을 정리하도록."

"예!"

백이 넘어가는 마족이 마물을 끌고 사방으로 퍼졌다.

데미우스는 정면에 위치한 무혁에게 다가갔다.

"인간, 나는 데미우스다."

"그래서?"

"그래, 자신감이 있을 실력은 되더군. 하지만 말이야……."

데미우스가 손가락을 튕겼다.

투웅.

날아든 자그마한 어둠의 구슬이 무혁의 투구를 쳤다. 거짓말처럼 머리가 휙 하고 젖혀졌고 몸이 허공을 날았다.

어……?

상황을 파악하기도 전에 몸이 반응했다. 급히 비튼 후 균형을 잡았고, 큰 무리 없이 착지하는 것에 성공했다.

고개를 든 무혁. 그의 눈동자가 아주 오랜만에 흔들렸다.

가벼운 공격이었다. 그러나 피해는 결코 그와 같지 않았다. 현재 무혁은 방패를 사용하지 않아도 90퍼센트에 해당하는 피해가 감소하는 상태였다. 그럼에도 불구하고 1,500의 HP가 줄었다는 건 정말 충격적인 일이었다.

"잘 버티는군."

"무슨……?"

"이 정도라면, 어떨까?"

어느새 데미우스의 손가락 위로 열 개의 구슬이 생겼다.

슈슈슉.

사방에서 날아드는 구슬. 급히 화살을 연사했다.

파바방!

그러나 겨우 3개의 구슬만을 맞힐 뿐이었다. 나머지 전부가 무혁의 몸을 가격했다.

[HP(1,500)가 줄어듭니다.]×7

또다시 몸이 제어력을 잃었다. 한참을 튕겨 나간 후에야 겨우 정신을 차릴 수 있었다. 고통은 없으나 흔들리는 충격이 이어진 까닭이었다.

"호오, 놀랍군."

데미우스는 재밌는 장난감을 발견한 듯 기쁜 표정이었다.

"이걸 버틸 줄은 몰랐는데. 그렇다면……."

이번에는 무려 스무 개의 구슬이었다.

이, 미친……!

더 이상 당해줄 생각은 없었다. 놈이 강하다는 건 충분히 파악하고도 남았다. 그렇기에 전력을 끄집어내기로 했다.

한정 부활. 다른 이들에게 조금이라도 도움이 되기를 바라는 마음으로 주변 몬스터를 살려냈다. 이어서 소환수 흡수를 사용해 스탯 일부를 흡수했다.

"후아……."

급격히 차오르는 강력한 힘.

차분히 마음을 추슬렀다. 그즈음 근처에 도달한 스무 개의 구슬을 바라보며 김을 그어 올렸다.

펑, 퍼버버벙!

일곱 개의 구슬을 터뜨린 후 몸을 슬쩍 틀었다. 연이어 네 개를 피하고 대각선으로 내리그어 두 개의 구슬을 파괴했다. 다시 세 개를 피하고 나머지는 모두 터뜨렸다.

"음? 강해졌군? 크하하하! 정말로 재밌는 인간이구나!"

웃고 있는 데미우스에게 화살을 날렸다.

파바바방!

무서운 속도로 스킬을 난사했다. 데미우스는 그 자리에서 화살을 툭툭 건드려 사방으로 날려 보냈다. 다만 시간이 지날수록 그의 입가에 걸려 있던 미소가 지워졌다. 서서히 표정이 굳어갔다. 어느새 그의 손날에 상처가 생겼고, 핏물 한 방울이 흘러내려 바닥에 떨어졌다.

"이거 미안하군. 내가 너무 쉽게 본 모양이야."

날아든 화살대를 잡고서 무혁에게 날려 보냈다. 다가오는 화살이 가슴을 가까스로 피한 뒤.

풍폭, 파워대시. 거리를 좁혔다. 그러나 데미우스는 빛이 되어 다가오는 무혁의 어깨를 한 손으로 막아버렸다. 스킬이 파훼된 것이다.

백호보법. 풍폭, 백호검법 제1초식 백호결.

무혁의 검이 나뉘었다. 환상처럼 일곱 개의 검이 생겨 데미우스를 압박했다.

"하압!"

그러나 기합만으로 터져 나갔다.

풍폭, 백호검법 제2초식 백호파.

이번에는 효과가 있었다. 데미우스도 빛이 되어 전신을 휘감으며 공격을 퍼붓는 무혁을 막진 못했다.

펑, 퍼버버버버벅!

"크읍, 감히!"

데미우스의 마기가 폭발했다. 마기에 휩쓸리면서 HP가 지속적으로 줄어들었다. 그러나 공격을 멈출 순 없었다.

[4,600의 대미지를 입힙니다.]

[속성 타격(1,380)을 ······.]

더 많은 피해를 입히고 있었으니까.

치열한 공방전. 결국 한발 물러선 것은 데미우스였다.

그의 표정이 악귀 같았다.

"장난은 여기까지다."

이후 그의 주변으로 마기의 구슬이 수십, 아니, 수백 개가 떠올랐다. 그 전부가 무혁에게 날아들었다. 무혁은 그것들을 쳐 내거나 피해봤지만 한계가 있었다. 꽤 많은 구슬을 피했으나 여전히 남은 구슬들은 대응할 수 없었다.

희생, 본 드레이크.

나머지 구슬이 무혁의 신체를 두드렸다.

콰아아아아!

급히 본 드레이크에게 암흑 치유의 정령을 붙였다. 스켈레톤 신관의 회복까지. 그러나 HP가 줄어드는 게 더 빨랐다.

익스체인지.

총 40,500의 HP가 줄었으나 큰 무리 없이 회복할 수 있었다. 그러나 상황은 좋지 않았다. 또다시 50개가 넘어가는 마기의 구슬이 날아든 탓이었다.

"크읍……!"

이대로라면 이길 수 없다는 생각이 들었다.

정말로, 전부 다 써야겠는데……!

어쩌면 죽을지도 모른다는 각오와 함께 아껴두었던 스킬 하나를 사용했다.

잠력격발.

페널티가 커서 자제하려고 했으나 상황이 무혁을 부추겼다.

[HP와 MP가 회복됩니다.]
[5분간 모든 능력이 15퍼센트 증가합니다.]

5분. 그 안에 놈을 처리해야 한다. 그게 안 된다면…… 아마도 죽게 될 터였다.

"도와주라?"

그때 성민우가 다가왔으나 날아든 마기의 구슬에 맞고 튕겨 나갔다.

"미친, 뭐야, 이거!"

"좀 세지?"

"저 새끼 뭐야?"

"나도 모르지. 일단 다른 녀석들부터 정리 좀 해줘."

"쩝, 그래야겠네."

다시 혼자가 된 무혁이 앞으로 나아갔다. 달라진 기세에 데미우스가 더 많은 구슬을 날렸다. 소환수를 흡수하여 그 엄청난 스탯에서 15퍼센트의 능력치가 더 증가한 만큼 이제 구슬을 피하거나 막아내는 건 충분히 가능해졌다.

100개든 150개든 개의치 않았다.

거리를 좁혀야 돼.

마음이 조급해졌으나 애써 억눌렀다.

천천히 가자, 천천히.

날아드는 마기의 구슬을 쳐내고 한 걸음. 피하고서 다시 한 걸음.

그러면서도 스켈레톤을 지휘하여 기회를 만들어냈다.

부르탄, 기파!

데미우스가 움찔거렸고, 무혁은 틈을 놓치지 않았다.

풍폭, 파괴자의 돌진!

나아가면서 검날에 혼란의 물약을 묻혔다.

콰앙!

돌진을 막아선 그의 손목을 살짝 그었으나.

[혼란의 물약이 적용되지 않습니다.]

놈에겐 통하지 않았다. 저항력이 있는 모양이었다.

까다롭네.

아무리 마족이라지만 정말로 힘들었다.

상급인가? 아니면……?

문득 놈의 수준이 궁금했지만 이내 잡념을 지우고 현재에
집중했다.

날아드는 주먹.

피하려고 움직이는 순간 튀어나온 손톱이 갑옷을 그었다.

카가각.

급히 몸을 틀며 검을 휘둘렀다.

엄청난 스피드에.

"흐읍!"

데미우스도 공격을 허용하고 말았다.

그러나 잠깐 주춤했을 뿐 곧바로 손톱을 휘둘러 무혁을 물
러서게 만들었다.

이어지는 불꽃의 세례.

카강, 카가각!

검과 손톱이 마주치며 벌어진 현상이었다.

"인간이, 어떻게……!"

"인간, 인간. 시끄럽네, 진짜!"

스킬을 쉴 새 없이 사용해 놈을 몰아붙였다.

쾅, 콰과과광!

그러나 데미우스는 최상급. 당황은 했으나 결코 무혁에게 밀리지 않았다.

치고받는 혈투.

서로가 서로에게 상처만을 남기는, 처절한 싸움이었다. 데미우스는 냉정하게 상황을 파악했다.

초조함이 깃든 표정의 무혁.

서두르고 있군.

무언가를 깨달았다는 듯 미소를 머금었다. 시간은 속절없이 흘러갔고 서로가 서로에게 상당한 피해를 입혔으나 끝내 지쳐 버린 무혁이 뒤로 물러났다.

젠장……!

5분이라는 시간이 지난 탓이었다.

[30분간 모든 능력이 20퍼센트 하락합니다.]

이것뿐이라면 괜찮았으리라. 여기에 소환수 흡수의 시간까지 끝나면서 스탯이 급격하게 하락했다.

"흐음? 기세가 풀어졌군, 인간."

어둠의 기운 하나를 날리는 데미우스.

퍼억.

피하지 못한 무혁이 뒤로 날아갔다.

허무하게 바닥을 구르는 그. HP가 얼마 남지 않았다.

"오빠!"

"야, 괜찮아?"

"파워 힐!"

예린과 성민우, 그리고 김지연이 달려왔다.

"크큭, 그렇군. 짧은 시간 동안 힘을 폭발시킨 모양이야. 지금은 그 힘이 소모된 상태고."

데미우스는 그들을 막지 않았다. 그저, 웃으며 만들어낸 마기의 구슬을 그들에게 쏘아 보낼 뿐이었다.

성민우와 예린이 최대한 막아봤지만 한계가 있었다.

"무슨 데미지가……!"

김지연의 치유를 받고 있음에도 버틸 수준의 것이 아니었다. 순식간에 구슬에 휩쓸렸다. 성민우, 예린, 김지연은 물론이고 심지어 무혁까지도.

먼지가 솟구치고 바람에 흩날린 그곳에는 단 하나의 생명체도 남아 있지 않았다.

치이익.

문이 열리는 소리와 함께 눈을 떴다.

"후아."

무혁이 캡슐에서 나왔다. 마족 한 명의 힘이 생각보다 강했다. 스킬을 다 쓰고도 끝내 놈을 잡지 못했으니까.

상급인가? 그러면 너무 힘든데.

그 위로 최상급, 대공, 마왕이 존재하니까.

곰곰이 생각해 봤다. 이미 중급 마족은 손쉽게 처리를 했었다. 그렇다면 그 바로 위에 있는 상급이 그 정도로 강하진 않을 터. 최상급일 가능성이 높겠지.

그럼 그 위로 대공과 마왕이 남는다.

과연 그들도 차원의 틈을 넘어올 것인가.

"후, 뭐 NPC 중에도 숨은 고수가 많을 테니까."

고민한다고 해결될 일도 아니었고.

침대 위에 놓인 휴대폰을 들자 마침 전화가 왔다.

"어, 예린아."

-오빠도 죽었어?

"죽었지, 뭐."

-와, 엄청 세다. 정말 일루전 망하는 건 아니겠지?

"그럴 리가. 조금 힘들 순 있겠지만."

-으으……!

"24시간 동안 접속 불가니까, 오랜만에 볼까?"

-헤헤, 좋아! 언제 볼까?

"음, 잠깐만."

-웅!

어차피 죽어버린 마당, 현실에 충실할 때였다. 예린과 데이트를 하기로 결정을 내리긴 했는데, 가족들이 신경 쓰였다.

아버지 어머니는 뭐 하시지?

거실로 나가니 조용했다.

방에 계신가?

안방을 슬쩍 열어보니 캡슐 두 대가 가동 중이었다.

으흠.

강지연의 방에 있는 캡슐도 마찬가지.

피식하고 웃어버린 후 시간을 결정했다.

"지금 볼까?"

-난 좋지!

"고속도로 타면 1시간이면 가니까 내가 갈게."

-웅! 그럼 난 준비하고 있을게!

"그래."

통화를 끊고 무혁도 나갈 준비를 했다. 정말 오랜만의 외출이었다.

예린과 데이트를 끝내고 돌아오는 길에 성민우와 삼겹살에 소주 한잔을 걸쳤다.

"크으, 좋네."

"그러게."

"아직 5시간이나 남았네."

"생각보다 괜찮았어."

"오, 그래?"

"어. 지연이랑 재밌게 놀았으니."

"오, 그래? 우리 누나랑?"

"뭔 소리야? 아, 이 미친놈."

성민우가 고개를 저었다.

"내 여친은 김지연이라고! 네 누나가 아냐!"

"크크큭. 들을 때마다 우리 누나 생각나는데 어쩌겠어."

"어우, 젠장. 술이나 마셔라."

그렇게 소주를 들이켜고, 숙성되어 감칠맛이 뛰어난 삼겹살 한 점을 오물거렸다.

"크, 여긴 먹고 또 먹어도 맛있네."

"그러니까 맛집이지."

둘은 적당히 술을 마신 후 일어났다.

"이제 그만 먹어야지. 3시간 뒤에 일루전 접속도 해야 되니까."

"아아, 오케이."

둘은 밖으로 나가 술도 깰 겸 산책을 했다.

"참, 너도 일루전 주식 있지?"

"그럼, 너 살 때 따라서 샀지."

"몇 주나 있어?"

"어, 200주 정도 되나."

"꽤 있네."

"넌?"

"나도 좀 있지. 이제 1,400주 정도인가."

"허얼……."

"흐흐. 노후자금이다."

"노후가 아주 그냥 꿀이겠는데?"

"잘 지내야지, 여유롭게."

오랜만에 미래에 대한 이야기도 나누면서 시간을 보냈다.

"이제 가자."

"오케이! 게임에서 보자고."

순간 둘의 표정이 굳어졌다.

"그 마족, 겁나 세더라."

"뭐, NPC도 있고. 유저도 많으니까 잘되겠지."

"그래, 잘되겠지."

일루전에 접속한 무혁이 주변을 훑었다. 마족도, 마물도 없었다. 다만 유저들의 숫자만 빠르게 늘어갔다.

모두가 마물과 마족에게 당한 유저들이었다.

"왔냐?"

"어."

마침 성민우가 게임에 접속했다. 뒤이어 예린과 김지연도.

"와, 유저밖에 없네."

"마물도 안 남겨두고 말이야. 아쉽구만."

대화를 나누던 도중 무혁이 걸음을 옮겼다.

"어디 가, 오빠?"

"차원의 틈은 어떻게 됐나 싶어서."

"아하."

세 사람 모두 무혁을 따라갔다. 5분 정도를 이동하여 크게 비틀린 차원의 틈 앞에 도착했다. 기이한 힘이 일렁이고 있었다.

"여기, 들어갈 수도 있으려나……?"

"음, 글쎄."

"근데 만약 시도했다가 돌아올 길이 없으면?"

"그건…… 좀 절망적인데?"

순간 좋은 생각이 떠올랐다.

"이거 고민할 필요가 없잖아."

"응? 왜?"

"소환수를 보내보면 되지."

바로 스켈레톤을 불러내어 차원의 틈으로 들여보냈다.

[차원의 틈이 닫혀 있습니다.]

"안 되는데?"

"으흠."

무혁도 도전을 해봤으나 마찬가지의 메시지가 떠올랐다.

"지금은 닫힌 모양이네."

"그래서 마족이나 마물도 없는 거구만."

"일단 보카 백작한테 알려주자고."

"오케이."

상황을 전달할 필요기 없었다. 이미 성내는 분주했기에.

보카 백작 역시 바쁜 터라 만나지 못했다. 다만 그의 보좌관으로부터 상황을 전해 들을 수는 있었다.

"하필이면 마계와 연결이 되어버렸더군요. 차원의 틈은 한 번 열리면 다른 곳에서 여는 건 한층 더 쉬워집니다."

"으음, 그렇군요."

"그 부분을 알기에 대응도 빠르게 행해질 겁니다. 성내의 귀족분들 모두가 대회의실로 향하셨고 이미 회의가 시작된 지 긴 시간이 흐른 상태입니다. 아마 이제 곧 회의 결과와 함께 명령을 내리시겠지요. 대규모의 병력이 꾸려질 것으로 예상이 됩니다. 이방인에게도 도움을 요청하실 테고요."

"설명 감사합니다."

모든 귀족이 모였다고 하니 아뮤르 공작도 자리에 없으리라. 무혁은 성내를 벗어났다.

"각자 정비나 좀 하자."

결국 네 사람은 찢어졌다.

무혁은 가장 먼저 발시언을 찾아갔다.

"스승님, 접니다."

투구를 벗자마자 문이 벌컥 열렸다.

"또 웬일이야?"

"전해드릴 이야기가 있어요."

"뭔 이야기? 마족 말이냐?"

"어? 이미 아시네요."

"당연하지. 나도 다 귀가 있다, 이 녀석아."

"그럼 괜히 왔네요."

"크흠, 괜히 올 건 뭐냐. 일단 들어와라."

"딱히 할 말도 없고……."

"이 녀석이, 놀리는 거냐!"

날아오는 지팡이가 머리를 때렸다.

아니, 뭐 이렇게 빨라……?

또다시 날아드는 지팡이. 지금은 제대로 마음을 먹은 상태였기에 급히 뒤로 물러났다.

"이 녀석 봐라?"

그러나 발시언은 오히려 웃으며 손목을 틀었다. 엿가락처럼 지팡이가 길게 늘어나더니 무혁의 머리에 다가왔다.

백호보법!

스킬까지 사용해 봤지만 지팡이가 더 빨랐다.

툭.

힘도 실리지 않은 느낌이 머리를 가격했다.

아니, 이게 무슨……?

멍하니 있는데 발시언이 몸을 돌렸다.

"장난은 됐고. 어서 들어와라."

"네."

집 안으로 들어서자 발시언이 무혁을 향해 말했다.

"자, 말해봐라. 차원의 틈에 대해서."

"이미 알고 계시지 않습니까?"

"알아도 모르는 정보가 있을지도 모르니까."

무혁은 발시언에게 죽기 전까지 있었던 일을 이야기했다. 마족과의 전투까지.

"오호, 직접 싸워봤다 이거지? 중급 마족이란 놈은 쉽게 해치웠고."

"네, 맞습니다. 스승님."

"그래, 내 수제자인데 그 정도는 되어야지. 그런데 그다음에 붙은 녀석한테는 아무것도 못 해보고 바로 도망쳤다는 말이지? 그 정도면 최상급이겠군."

"그럴까요?"

"그럼, 나도 마족 녀석들하고 싸워본 적이 있지."

무혁은 발시언이 마족과의 전투 경험이 있다는 것에 조금 놀랐다. 하긴, 생각해 보면 이해하지 못할 일도 아니지. 이렇게 강한데. 발시언이라면 최상급 마족도 잡아낼 수 있을지 몰랐다.

"상황이 어렵긴 한 모양이구나."

"……아무래도 그렇습니다."

"크흠, 어쩔 수 없군. 나도 슬슬 움직여야겠다."

"스승님께서요?"

"그럼. 나이는 들어도 아직 몸은 건강하다, 이 녀석아."

"무슨 계획이 있으신 건가요?"

"그래, 나만의 방법이 있으니 신경을 쓰지 말거라. 나중에 다 알게 될 테니."

"네, 알겠습니다. 그래도 너무 무리는 마세요. 도움이 필요하시면 언제든 칼럼 소도시로 오시고요."

"클, 알겠다. 너도 어서 마을로 가 보거라. 사람들 잘 다독이고."

칼럼 이야기가 나오니 괜히 걱정이 되었다.

괜찮겠지?

발시언과 헤어지고 무혁은 서둘러 워프게이트를 이용했다.

후우우웅.

칼럼 소도시에 도착하니 생각보다 조용했다. 유저들은 바쁘게 움직이는 것 같았지만 NPC들에겐 여유가 있었다.

"어? 영주님!"

무혁을 알아본 이들은 인사도 해왔다.

"아, 네. 별일 없죠?"

"그럼요. 전부 영주님 덕분입니다!"

"하하, 뭘요."

인사를 받으며 급히 영주실로 들어갔다. 총관, 라카크는 오늘도 분주했다.

"총관님."

"이런, 영주님. 언제 오셨습니까. 안 그래도 중요한 문제가 있어 결제를 부탁드리려고 했는데 잘 오셨습니다."

"음, 잠시만요. 일단 제 이야기 먼저 해야겠네요."

"네? 이야기라니 어떤……?"

"아직 칼럼까지는 공문이 내려오지 않은 모양이군요. 후우…… 총관님, 충격받지 말고 잘 들으세요."

"크흠, 네."

긴장되는지 라카크가 마른침을 삼켰다. 직후, 무혁의 목소리가 천둥처럼 떨어져 내렸다.

"마족이 나타났습니다."

라카크가 순간 고개를 갸웃거렸다.

"마족? 영주님, 제가 제대로 못 들은 것 같습니다. 다시 한번 말씀해 주시겠습니까?"

"아뇨, 제대로 들으셨습니다. 차원의 틈이 열리면서 마족이 나타났습니다."

라카크가 소스라치게 놀라며 되물었다.

"저, 정말입니까? 괜히 저를 놀리시려고 하는 말씀은 아니시겠지요, 영주님?"

"네, 놀리려는 생각 없어요. 정말입니다."

무혁의 진지한 표정에 그가 비틀거렸다.

"이, 이럴 수가……."

급히 그에게 다가가 부축했다.

"괜찮으세요?"

"아, 괘, 괜찮습니다. 하아, 이 일을 어찌하면 좋을지……."

"이미 모든 대륙이 움직이고 있습니다."

"그나마 다행이군요."

잠시 마음을 추스른 라카크가 고개를 들었다.

"저는 그럼, 마을을 더 안전하게 만들 준비를 하면 되겠습니까?"

"네, 그렇습니다. 남은 자금을 전부 사용해도 상관없으니 마을의 안전에 힘써주십시오, 총관님."

"감사합니다, 영주님."

라카크와 함께 영주성에서 나왔다.

"전 북쪽에 좀 가봐야겠어요."

"예, 저는 마을 주변부터 돌아보겠습니다."

그와 헤어진 후 백호세가를 찾아갔다.

가주와 호법, 장로를 모아 그들에게 마족에 대한 이야기를 꺼냈다.

"마족이라니……!"

"으음……! 준비가 필요하겠군요."

"네, 필요하죠. 아주 제대로 된 준비가 말입니다."

그때 우호법이 기세를 뿌렸다.

"걱정하지 마십시오. 여길 노리는 녀석들은 모조리 쓸어버릴 테니까요."

그에 장로와 가주, 백호운이 웃었다.

"우호법 성격은 언제나 화통해서 좋다니까."

"크흠……."

무혁도 괜히 듬직한 기분이 들었다.

"믿음직하네요."

"별말씀을……."

"아무튼, 언제 나타날지 모르니 항상 긴장을……."

주의를 주는 순간, 밖에서 고함이 들려왔다. 흐릿했지만 분명 두려움으로 가득 찬 사람의 것이었다.

"저기서 소리가 나는군요."

"가죠. 군마 소환이 가능한데, 타고 갈 건가요?"

"아닙니다."

"그럼……?"

"경공이 더 빠를 겁니다."

"아……!"

고개를 끄덕인 무혁이 달렸다.

파밧.

그 뒤를 백호세가원들이 쫓는다.

최상급 경공술. MP를 쏟아부을수록 빨라지는 스킬이었는데, 가주와 호법, 장로는 물론이고 세가원들 역시 거의 뒤처지지 않았다. 숙련도의 문제이리라.

덕분에 소리가 난 곳에 금방 도착할 수 있었다.

무혁은 드러난 광경에 그나마 안도했다. 경계를 서던 백호세가원들, 그리고 아카데미 학생들과 병사들, 마지막으로 근처에서 사냥을 하던 유저들이 앞장서서 마족을 상대하고 있었던 것이다.

"처리하죠."

"예, 모두 흩어져서 움직이는 게 낫겠군."

"알겠습니다, 가주님."

백호운을 비롯한 이들이 사방으로 흩어졌다. 무혁도 주변을 훑어보다가 전장의 중심으로 이동한 후 소환수를 불러냈다.

약화, 근력 강화, 체력 강화. 전장의 광기까지. 각종 버프 스킬을 사용한 후 스켈레톤을 사방으로 뿌렸다. 이후 주변을 훑은 무혁은 가장 위급해 보이는 곳을 바라보며 화살을 날렸다.

풍폭, 파천궁술 제3초식 파천사.

그곳에는 병사 한 명이 비틀거리고 있었다. 방금 전 마물의 공격을 버티지 못하고 균형을 잃어버린 까닭이었다.

다시금 휘둘러지는 놈의 날카로운 손톱이 얼굴로 날아들었고 병사는 죽음을 예감하며 눈을 감아버렸다.

콰아아앙!

그러나 병사의 예상과 달리 폭발의 여파만 느껴질 뿐 별다른 충격은 없었다. 슬며시 눈을 뜬 그의 앞에는 머리통이 날아가 버린 마물이 힘없이 쓰러지고 있었다.

"아아⋯⋯!"

살았음에 안도하며 이내 의지를 일으켰다.

그래, 살자⋯⋯!

쥐고 있는 창대에서 전해지는 차가운 감촉을 느끼며 그가 손에 힘을 줬다.

달려드는 마물 한 마리. 이번에는 이기리라 다짐하며 창을 뻗었다. 그때, 주변에 있던 동료들이 동참했다. 예리한 창날 세 개가 마물 한 마리를 꼬치 꿰듯 뚫어버렸다.

키, 키에에엑⋯⋯!

한 마리를 쓰러뜨리고 모두 힘을 합쳐 또다시 마물을 죽였다.

"우오오오오오오!"

절로 기세가 올라갔다. 백호세가가 활동할수록, 또 무혁과 그의 소환수가 바삐 움직일수록 병사들에게 여유가 생겼다.

덕분에 다섯이서 뭉치고, 일곱이서 뭉치고, 끝내 열 명이 뭉쳐 마물을 처리하기 시작했다.

힘은 덜 들고 성과는 늘어가고 있었다.

"마을을 지켜!"

"절대 물러서지 마!"

그들을 지휘하는 도란이 가장 분주했다.

"2조, 물러서! 3조는 앞으로! 방패로 막아!"

급박한 상황이었으나 끝내 목적을 달성할 수 있었다.

"우오오오오오오!"

마지막으로 남은 마물이 무혁의 검에 목숨을 잃자 승리의 함성이 퍼졌다. 도란은 급히 무혁에게로 향했다.

"주군!"

"아아, 고생했어."

"아닙니다!"

"아니긴. 다른 곳은 무사하겠지?"

"예, 저 이상한 것들이 여기에만 나타났던지라⋯⋯."

말과는 달리 표정은 좋지 않았다.

생각보다 더 빠른데. 그 부분이 영 마음에 거슬렸다.

게다가 이게 끝일까? 아니라는 확신이 들었다.

앞으로가 문제겠지.

차원의 틈은 다른 곳에서도 나타날 것이다. 서서히, 그리고 보다 빠르게 그 범위를 넓히면서 본격적으로 중간계를 어지럽힐 터. 상급 마족만 되어도 유저들이 막는 게 버거운 수준이었으니 대륙을 살아가는 무수한 NPC들이 죽어 나갈 건 당연한 일이었다. 물론 그걸 막기 위해서 이미 높으신 양반들이 준비를 하고는 있다지만, 과연 그 준비가 통할지가 의문이었다. 어쩌면, 진짜 망할지도.

NPC가 너무 많이 죽어버리면 일루전의 시스템 자체가 제대로 돌아가지 않을 테니까.

"일단 상황부터 정리하고 와."

"예, 주군."

무혁은 백호세가원과 함께 마을 내부로 진입했다. 다행히 피해는 없어 보였다.

"여, 영주님. 어떻게 되었나요?"

"괜찮습니다. 전부 처리했어요."

"오오, 감사합니다. 감사합니다!"

유저들 역시 이채 어린 시선을 보냈다.

"역시 무혁이네."

"나도 좀 잡았다고. 크큭."

"경험치는 좋냐?"

"장난 아니던데? 그냥 NPC들 뒤에서 좀 도와주기만 했는데도 레벨 업까지 했다니까."

"와, 대박이네."

두 가지의 극단적인 반응이 그들을 나눴다.

두려워하는 주민들, 즐거워하는 유저들.

어쩔 수 없는 일이었다.

급히 영주성으로 걸어가면서 생각을 정리했다.

안전, 그게 우선이야.

군사력을 한층 더 강화해야겠다는 생각을 했다. 어느새 도착한 목적지. 마침 라카크가 그를 기다리고 있었다.

"영주님!"

"아, 일단 들어가자고요."

백호세가의 문주, 장로, 호법 전부 영주성으로 들어갔다. 그들과 함께 대책을 강구하기 위해 회의를 열었다.

무혁이 원하는 것은 하나.

"저는 완벽한 안전을 원합니다."

"으음……."

모인 이들이 잠시 침묵을 유지했다.

"영주님, 이건 어떻습니까?"

그때 라카크가 한 가지를 제안했다.

"말해보세요."

"일단은 먼저 목책부터 보강하는 건 어떻겠습니까? 튼튼하기로 유명한 참로강 나무로 목책을 세우는 겁니다. 겹겹이 쌓는 형식으로요."

"괜찮네요. 거기에 긴 철을 앞뒤로 세워서 무너지지 않게 보강하죠."

"좋은 생각입니다."

말을 하던 무혁의 눈이 빛났다.

"음, 갑자기 든 생각인데, 이건 어떨까요?"

모두들 무혁을 쳐다봤다.

"목책으로 놈들을 유인하는 겁니다."

라카크는 물론이고 나머지 인원들도 전부 고개를 갸웃거렸다.

"목책으로 어찌……?"

"저도 이해가 잘 안 됩니다."

"어차피 몬스터나 마물은 인지 능력이 없잖아요?"

"그렇죠. 본능에 따라 움직이니."

"그러니 평소에는 무너지지 않을 목책을 세우고 지내다가 놈들이 나타나면 경계를 서던 이들은 빠르게 마물이 나타났음을 알리고, 지원이 도착하자마자 들어올 수 있는 공간을 일부러 만드는 겁니다. 그러면 마물이나 몬스터는 본능적으로 그 길을 통해 들어오려고 하지 않을까요?"

무혁의 말에 다들 눈을 크게 떴다.

"좁은 틈을 비집고 들어오는 녀석들을, 공격한다. 그 말씀이군요."

"네."

모두들 생각에 잠겼다. 그중 백호운이 가장 먼저 미소를 지었다.

"충분히 가능해 보입니다."

"그래요?"

"네, 실현만 된다면…… 놈들을 막아낼 수 있을 겁니다."

백호운의 호응에 기분이 좋아졌다. 라카크 역시 동의했다.

"제가 생각해도 효과가 있을 것 같군요."

무혁이 결론을 내렸다.

"어려운 일도 아니니 일단은 진행해 보죠."

"알겠습니다, 영주님."

이후로도 마을의 안전을 위한 몇 가지 의견을 받았고, 그중에서 괜찮다 싶은 건 수용하여 진행이 되도록 지시를 내렸다. 모두를 내보내고 겨우 혼자만의 시간을 갖게 된 무혁. 앞으로 어떻게 진행이 될지 생각하고 있는데.

[하위 에피소드 '마족의 침입'을 강제 부여받습니다.]

어?

급히 성민우, 예린, 김지연에게 채팅을 보냈다.

-무혁 : 다들 퀘스트 받았어?

-강철주먹 : 어, 방금.

-예린 : 지금 막 받았엉!

-김지연 : 받았어.

간단하게 답장을 보낸 후 퀘스트를 확인했다.

[마족의 침입(반복)]

[마족이 대륙을 침입하였다. 그들은 오직 살육만을 목표로 하는 바, 힘을 합쳐 그들을 처단하라. 각각의 목표를 클리어할 때마다 대량의 경험치와 공헌도를 얻으며 침입이 끝나는 순간의 공헌도 순위에 따라 차등 보상을 지급받는다.]

1. 최상급 마족(0/1)

2. 상급 마족 (0/5)

3. 중급 마족 (0/10)

4. 하급 마족 (0/20)

5. 최하급 마족 (0/50)

6. 마물 (0/100)]

[성공할 경우 : 대량의 경험치, 마족 처치 공헌도.]

잠시 바라보다 메인 퀘스트도 확인했다.

[차원의 틈으로]

[마족들이 계획하고 있는 일을 막아내어라.

???]

전에 확인했을 때는 아무것도 없었는데 지금은 글귀가 생겨났다. 위의 퀘스트와 같은 내용이긴 했지만 또 곰곰이 바라보니 그게 아님을 알 수 있었다.

계획하고 있는 일? 단순히 쳐들어온 일도 계획일까?

그럴 수도 있긴 하리라. 하지만 계획이란 단어까지 나온 걸 보면 그 이상의 무언가가 있을 것 같았다.

흐음.

고민을 해봤으나 답은 나오지 않았다.

천천히 알아봐야겠지.

일단은 현재 분위기부터 파악하기로 했다. 옵션에 들어가 홈페이지에 접속했다. 퀘스트와 관련이 있는 글이 우르르 쏟아지는 상황이었다. 아무거나 하나를 클릭했다.

[제목 : 퀘스트 받았어요? 하위 에피소드!]

[내용 : 워우, 반복에다가 강제? 크, 이거 유저들 전부 마족 잡으란 얘기네요]

ㄴ그렇죠. 안 잡으면 망할 수도 있으니까ㅋㅋ

ㄴ그 정도예요?

ㄴ차원의 틈에 안 있어봤죠?

ㄴ그렇죠.

ㄴ전 있었는데……ㅋㅋ 노답입니다. 랭킹 1위, 무혁 님도 녹았어요!

ㄴ헐…… 리얼요?

ㄴㅇㅇ, 유저랑 NPC 전부 나서야 버틸 수 있음.

ㄴ으흠, 의미가 있나?

└무슨 의미요?

└참여 하는 의미요. 랭커들 다 사냥하기 바쁠 듯?

└퀘스트 안 봄?

└아직 접속을 안 해서…….

└그거 반복 퀘스트예요.

└아……?

└차원의 틈처럼 대량으로 경험치 주면 랭커들 무조건 참여하겠죠. 거기에 마지막에는 공헌도에 따른 추가 보상도 있다고 하니, 뭐 참여하지 않을 이유가 없음. 마족이나 마물은 경험치도 동급 몬스터보다 훨씬 좋기도 하고요.

└으흠, 그러면 희망이 있겠네요.

그들의 대화를 보며 무혁도 고개를 끄덕였다.

그래, 확실히 나쁘지 않아. 퀘스트는 반복이고, 경험치 보상도 분명 좋은 편이리라. 마지막에는 공헌도 보상까지.

이 정도면…… 무수한 유저가 참여할 가능성이 높았다.

어떻게 아냐고?

지금 올라오는 게시물만 봐도 파악이 가능했다.

분위기가 나쁘지 않았다. 내용은 물론이고, 아래에 달리는 댓글 역시 긍정적이었다. 거기에 못을 박기로 했다.

탁, 타다닥.

가상 키패드를 불러내어 게시물 하나를 작성했다.

[제목 : 하위 에피소드에 대하여.]

[내용 : 안녕하세요. 랭킹 1위, 무혁입니다. 이번 하위 에피소드에 대해서 한마디 드리고자 합니다. 제가 알아본 바에 따르면 차원의 틈은 하나가 열리게 되면 다른 장소에도 열린다고 합니다. 숫자가 늘어날수록 열리는 속도도 빨라진다고 하는군요. 이미 칼럼 소도시에도 마족이 등장했습니다. 정확하게는 마물이었죠. 지휘하는 마족이 없었던 걸로 봐서는 기존 차원의 틈에서 나온 마물 일부를 보낸 것으로 추측이 됩니다. 아무튼, 시간이 흐르면 결국 마족과 마물의 숫자가 기하급수적으로 늘어갈 겁니다. 싸우지 않는다면 이룩했던 모든 걸 잃게 될 거라고 생각합니다. 지금, 숫자가 적을 때 나서서 나타나는 마족과 마물을 정리해야 합니다. 저는 이미 움직이고 있습니다. 마침 퀘스트도 나타나 준 상황이니, 부디 많은 유저분이 저와 함께하기를 바랍니다.]

글이 올라가고 오래 지나지 않아 인기글에 게시됐다. 오래만에 올라온 무혁의 글이니 관심이 집중되는 건 당연한 일이었다. 덕분에 기세를 제대로 탔다.

[제목 : 재밌겠네요, 마족이랑 전쟁이라.]
[제목 : 이건 무조건 참여해야 합니다.]
[제목 : 마족 전쟁, 가자!]
[제목 : 저도 참여합니다. 무조건!]

결코 부정할 수 없는, 마족과의 본격적인 전쟁이 시작되었다.

마족과의 싸움을 대비한 준비, 그로 인한 바쁜 나날들. 그즈음 내려온 공문의 내용을 확인했다. 마침 보카 백작도 나타났다.

"여긴 어쩐 일이세요?"

"자네에게 부탁할 게 있어서 말이야."

"아, 일단 이쪽으로."

그가 현재의 상황을 대략적으로 설명해 줬다.

"해서, 내가 모든 권한을 위임받았지."

"축하드립니다."

"그래, 일단은 돌아다니는 마족부터 처리해야겠어. 이미 위치는 알고 있으니 도와주겠나?"

도움을 청하는 그를 외면하지 못했다. 최상급 마족, 녀석의 강함을 알고 있기에.

"물론입니다."

"고맙군!"

"준비를 하겠습니다."

칼럼 소도시의 안전은 충분히 확보했다고 자신했다. 정말 위험한 상황이 오더라도 충분히 버틸 수준은 되리라. 해서 백호운을 대동하기로 했다. 실력자를 한 명이라도 더 모아야 놈을 처리할 수 있을 것 같았기 때문이다.

"같이 갑시다."

"저는 좋습니다."

그때 장로와 백호세가원이 나섰다.

"저도 참여하고 싶습니다."

"마족이라, 궁금하군요."

"저희도 데려가 주십시오!"

그들의 갑작스러운 말에 무혁은 잠시 고민했다.

"이건 어떻습니까?"

그때, 백호운이 한 가지 제안을 했다.

"휴식 그룹을 데려가는 겁니다."

"아하……?"

괜찮은 제안이었다.

"좋네요. 앞으로 차원의 틈이 계속해서 열릴 겁니다. 모두가 고루 실력을 발휘할 수 있을 테니 걱정하지 말고 차례를 기다리면 되겠군요."

그에 이곳에 모인 휴식 그룹원 모두가 환호를 내질렀다.

"오오오오오오!"

"크으, 역시 가주님!"

"영주님도 최고입니다!"

그들의 모습에 무혁이 웃었다.

"그럼 바로 준비해서 출발하죠."

"예! 모두 들었지? 준비해라."

"알겠습니다!"

그들이 준비하는 동안, 무혁은 성민우와 예린, 김지연에게 상황을 설명했다.

"아, 그 새끼. 진짜 세긴 하던데."

"세지. 죽을 수도 있고."

"에라, 죽으면 죽는 거지, 뭐. 그래도 이번엔 제대로 준비했잖아. 보카 백작이랑 백호세가 가주만 해도 엄청나게 강할 텐데."

"그렇긴 하지."

"그럼 괜찮겠지."

예린은 이미 무혁의 팔짱을 낀 채였다.

"난 당연히 오빠 따라서 갈 거야."

"내가 널 두고 어딜 가겠냐."

"히히."

김지연도 성민우의 옆에 섰다.

"나두, 오빠랑 갈래."

"흐흐. 가자!"

정비를 마친 뒤, 보카 백작과 함께 목적지로 향했다.

가는 길은 지루하지 않았다. 일루전 TV를 방청하는 이들과 이런저런 소통을 한 덕분이었다.

-무혁 님, 그러면 이번엔 이길 자신 있으세요?

그 질문에 무혁이 전, 후방을 훑었다.

"보이시죠? 보카 백작이 데려온 병사들이에요. 유저의 성장 속도가 더 빠르긴 하지만 NPC도 놀고만 있지는 않았거든요.

게임이 오픈되었을 당시에는 정예 기사 레벨이 이미 150이 넘었던 상태였고요. 기억하시죠?"

-아, 맞다.
-그랬죠. 지금은 유저가 더 높지 않아요?
-크, 차이가 컸네요.

무혁이 고개를 끄덕였다.

"보통의 정예 기사보다는 레벨이 더 높아졌죠. 그렇다고 현재의 정예 기사가 약한 건 또 아니거든요. NPC들 역시 우리가 성장하는 동안, 각자의 방법으로 더 강해졌으니까요. 지금 모인 이들은 그들 중에서도 가장 실력이 좋은 자들이고요. 그리고 저랑 함께하는 백호세가의 가주랑 장로들도 엄청 강하니, 큰 문제는 없을 거라 생각합니다. 물론, 최상급 마족이 얼마나 강한지 잘 알고 있기에 방심은 금물이지만요."

대답이 끝나자마자 다른 질문이 올라왔다.

-근데 만약, 위험해지면 어쩌죠?

무혁은 깊게 고민했다.

"NPC는 목숨이 하나잖아요? 그러니 쉽게 죽도록 내버려 둘 순 없죠. 정말 위험해 보이면 제가 희생해서 저들이 도망갈 시간을 끌어야죠."

목적지에 도착한 모양인지 선두의 속도가 느려졌다.

"모두 목적지에 멀지 않았으니 집중하도록!"

보카 백작의 목소리가 퍼졌다. 무혁도 마무리를 지었다.

"저도 이제 집중해야겠네요. 재밌게 시청해 주시길."

미리 약속했던 대로 우측으로 나아갔다. 무혁과 동료, 백호 세가원이 맡은 지역이었다. 크게 돌아 우측 포위망을 형성한 채로 나아갔다.

얼마나 이동했을까. 반대편으로 돌아온 이와 마주쳤다. 포위망 형성이 끝났다. 거리를 좁히는 일만 남았으나 이 정도가 되면 눈치채지 못할 수가 없었다. 소도시를 점령한 채 휴식을 취하던 마족이 모습을 드러냈다. 최상급 마족, 데미우스 역시 그들 중에 포함되어 있었다.

후우웅.

그의 등장만으로 분위기가 달라졌다.

자연스레 뿜어지는 힘. 그걸 느낀 백호세가의 가주, 백호운이 미간을 꿈틀거렸다.

"호오."

그의 몸에서도 기세가 피어오른다. 장로를 비롯한 세가원 전부 그들만의 기운이 허공을 잠식한다.

스윽.

데미우스의 시선이 자연스레 그곳으로 옮겨졌다.

"재밌는 인간들이군."

그러곤 망설임 없이 다가왔다.

"공격하라!"

그 순간 보카 백작의 목소리가 울렸다.

콰아아앙!

퍼져 있던 이들의 공격이 시작되었다. 화살과 마법이 허공을 가득 채우더니 다가오는 마물을 휩쓸었다. 하급 마족도 꽤나 큰 피해를 입었지만 목숨을 잃을 정도까지는 아니었다. 그러나 첫 공격으로 이정도 이득을 취했다면 충분히 만족할 성과였다.

"더 퍼부어라!"

보카 백작은 섬멸을 위해 외쳤고 병사들은 그 명령을 충실하게 이행했다. 폭발이 연이어 터지고, 버섯구름이 사방에서 피어올랐다.

"하아압!"

그 순간 데미우스가 기합을 터뜨렸다. 거짓말처럼 먼지가 사라졌다. 그 사이로 강력한 마기가 터져 올랐다. 데미우스가 뿜어낸 마기의 기운이 휘하 마족에게 흡수되었다. 한눈에 봐도 그들의 기운이 더 강해졌음을 알 수 있었다.

"처리하도록."

"예!"

하급, 중급, 상급 마족이 사방으로 퍼졌다.

스윽.

그제야 데미우스가 다시 다가왔다. 백호운을 비롯한 장로도 그에게 접근했다. 어떤 대화도 없이, 서로가 서로에게 부딪혀 갔다.

가장 먼저 부딪힌 둘. 데미우스와 백호운의 주먹이 허공에서 맞닿았다.

순간 움직임이 멈춘 것만 같은 착각이 들었다. 기파가 먼저 퍼지고, 그보다 훨씬 늦게 소리가 전해진다. 동시에 백호운이 뒤로 밀려났다.

"호오, 역시 재밌군."

데미우스가 웃으며 재차 접근했고 백호운은 보법을 밟으며 놈의 공격에 대응했다. 직선적으로 뻗어오는 데미우스의 주먹을 양손으로 감싼 뒤 끌어당겼다. 비틀거리는 놈의 측면으로 돌아가며 무릎을 찍어 올렸다. 그러나 남은 손으로 무릎을 턱하고 막아낸 데미우스가 백호운을 밀어냈다.

"인간치고는 제법이다."

그 말과 함께 순간적으로 접근하는 데미우스. 어느새 녀석의 손톱이 길어졌다. 백호운은 호흡을 멈춘 채 바닥을 구른 뒤, 검을 뽑았다.

백호검법 제3초식, 백호참.

파괴적인 힘이 검날에서 뻗어 나갔고, 그 기운이 데미우스를 삼켰다.

콰아아아아아앙!

방심을 노린 뒤의 일격이었다.

"후읍!"

그러나 공격을 한 백호운은 일격이 통하지 않았음을 본능적으로 깨달았다. 곧바로 2초식으로 연계를 했다. 마침 연기를 뚫고 나온 데미우스의 전신을 난도질하려 했다. 그러나 데미우스는 기합을 터뜨리며 백호운을 밀어 보냈고, 멀어지는 백호운에게 접근했다.

서걱.

휘둘러진 손톱에 옷자락이 잘려 나갔다.

드러난 맨몸. 상처가 드러났다.

"으음."

신음을 흘리는 백호운에게 데미우스가 한층 더 빠르게 접근했다. 이건 피할 엄두가 나지 않았다.

그때, 장로 셋이 튀어나와 손톱을 막았다.

"크읍……!"

장로가 크게 밀려났다. 그사이 백호운이 접근하여 검을 그었다. 데미우스는 손톱으로 가볍게 막아낸 후 힘을 가해 검날을 부러뜨렸다.

"이런……!"

곧바로 백호운의 머리로 떨어지는 손톱.

뒤로 물러나는 순간.

파앙!

무혁의 화살이 데미우스의 손등에 꽂혔다.

"흐음."

고개를 돌린 데미우스의 눈이 빛났다.

"넌……? 이방인이었나?"

"그래."

"그래, 불사의 축복이라. 부러울 정도의 축복이긴 하지만 아무리 그렇다 한들 달라지는 건 없다. 살아난다면 또 죽이면 그만."

데미우스가 자리에 멈췄다.

"장난도 여기까지다."

그의 머리 위로 마기의 구슬 수십 개가 피어올랐다. 예고도 없이 쏘아졌다. 백호운과 장로, 그리고 백호세가원은 물론이고 무혁까지.

캉, 카가각!

마기의 구슬을 막기에 급급했다.

"크아아악!"

결국 실력이 부족한 세가원부터 중상을 입었다.

"감히……!"

세가원의 피해에 백호운과 장로가 함께 내공을 쥐어짜냈다. 날아드는 마기의 구슬을 처리하면서 천천히 데미우스와 거리를 좁혔다.

"지연아, 치료 부탁할게."

"응!"

그사이 김지연이 상처 입은 세가원을 치유했다.

"고, 고맙습니다."

"힘내세요!"

"아, 네!"

덕분에 목숨을 구한 세가원이 다시 전투에 참여했다.

그러나, 명백한 열세였다.

제5장
최상급 마족

'방법을 바꿔야겠어.'

무혁이 소환수를 불러냈다.

몬스터도 있나?

한정부활을 사용하니 몬스터가 상당수 있었다. 놈들마저 살려냈다. 이후, 몬스터를 선두로 하여 아머기마병과 아머나이트, 그리고 데스 스켈레톤을 데미우스에게 보냈다. 겹겹이 층을 만들어 놈을 포위했다. 오래 버티진 못하겠지만 백호운과 장로, 그리고 세가원을 물리기엔 충분했다.

"일단 후퇴하죠."

"으음……!"

"다른 이들의 도움을 받아야 합니다."

"알겠습니다."

수긍한 백호운이 물러났다. 장로와 세가원 모두.

"보카 백작을 도와 나머지부터 처리하세요."

"그러겠습니다."

"너도 좀 도와서 저기부터 정리 좀 해줘라."

"오케이, 알았어."

"예린이도."

"으응, 조심해!"

"걱정 마. 어느 정도는 버틸 수 있으니까."

"금방 올게!"

그들을 보낸 뒤, 피해 상황을 체크했다. 이미 꽤 많은 소환수가 사라진 상황이었다.

쾅, 콰아아앙!

머뭇거릴 시간도 없었다.

데스 스켈레톤 리바이브. 먼저 죽은 데스 스켈레톤 40마리를 살려낸 뒤. 소환수 흡수. 남은 소환수 전원의 능력 일부를 가지고 왔다.

솟구치는 힘. 이 정도는 되어야 놈을 상대로 버텨낼 수 있을 것이다. 움직이면서 데스 스켈레톤을 데미우스에게 무차별적으로 밀어붙였다.

펑, 퍼버버벙!

연이어 자폭하면서 피해를 입혔다. 메이지는 마법을 쏘아댔고 기마궁수는 끊임없이 뼈 화살을 날렸다.

풍폭……!

무혁 역시 공격을 시도했다. 그럼에도 데미우스는 팔팔했다. 손톱을 휘두를 때마다 소환수가 죽어 나갔고. 어둠의 기운이 사방으로 퍼지면서 메이지와 기마궁수를 무력화시켰다.

더 이상의 무의미한 피해는 사절이었다.

윈드 스텝. 무혁이 서둘러 움직였다.

부르탄, 기파.

찰나의 순간 움찔하는 데미우스에게 파천사를 날렸다.

설인, 아이스 홀드.

직후 일점사와 무음사를 연이어 날렸다.

풍폭, 파워대시. 어깨로 데미우스를 밀어붙인 뒤 검을 뽑았다. 스킬을 아끼지 않고 계속해서 사용했다. 간간이 기합을 터뜨리거나 특유의 힘으로 스킬을 끊어버리는 데미우스였지만 그래도 멈추지 않았다. 그러다 잠깐 보인 틈으로 검을 냅다 내질렀다.

모여드는 힘. 선택, 강한 일격.

엄청난 충격이 놈의 신체를 가격한다.

"으음……!"

데미우스가 처음으로 반응했다.

"감히!"

순간 그의 몸에서 마기가 폭발적으로 솟구쳤고 그 모든 것이 어둠의 구슬로 변하더니 공간 자체를 휩쓸어 버렸다. 무혁은 희생을 사용하면서 동시에 최상급 경공술로 해당 범위에서 아슬아슬하게 벗어날 수 있었다.

뒤이어 드러난 참상.

"아……."

허무한 감탄이 무혁에게서 뱉어졌다. 모든 것이 휩쓸렸다. 살려낸 몬스터도, 버티고 있던 소환수도.

"후웁, 후우……."

그러나 좌절하진 않았다. 데미우스, 놈이 처음으로 가쁜 호흡을 뱉어내고 있었기에.

본능적으로 깨달았다. 지금이 기회라는 사실을.

잠력격발.

한층 더 강하게 놈을 밀어붙였다. 보카 백작이 데려온 병사는 확실히 정예였다. 중하급 마족을 제대로 압박했다. 상급 마족에게는 밀렸지만 뒤늦게 합류한 백호세가로 인해 우위에 설 수 있었다. 보다 더 압박하여 서서히 마족의 숫자를 줄여 나갔다.

팟, 파바바밧.

그럼에도 속도가 마음에 들지 않음일까. 백호운을 비롯하여 장로들은 오히려 더욱 바삐 움직였다.

콰아앙!

전력을 다해 마족을 짓뭉개 버렸다. 슬쩍 고개를 돌리니 무섭게 치고받는 무혁과 데미우스가 보였다.

대단한 신위. 그러나 직감했다. 무혁이 지닌 저 강력한 힘이 오래 지속되지 못함을.

"서둘러라!"

"더, 더 빨리!"

그렇기에 멈출 수가 없었다. 보카 백작 역시 마찬가지였다.

"으음."

후미에 있기에 상황이 오히려 더 확실하게 보였다. 밀리기만 하던 무혁이 말도 안 되는 힘을 보여주고 있음을. 오래가지 못할 터. 이방인이 발산하는 잠깐의 힘이리라.

"몰아붙여라!"

해서 더 공격적으로 지휘했다. 성민우와 예린 역시.

"흐아아아압!"

"백호!"

정령, 그리고 백호와 함께 전력을 다했다. 이유는 단순했다. 무혁을 구하기 위해서. 물론 성민우와 예린이에게만 해당되는 이유였다. 다른 자들은 그 이유가 없진 않겠으나 두 사람처럼 전부는 아니었다. 그들은 그저, 모두가 살아남기 위해서였다. 이대로 무혁이 무너지면 최상급 마족은 미쳐 날뛸 것이 분명했다. 그런 놈을 막아낼 자도 이곳에는 존재하지 않았고 말이다. 그러니 무혁이 건재할 때 이곳을 정리하고 합류하는 것이 백 번 이득이었다.

"마무리를 지어라!"

"으아아아아아!"

덕분에 생각보다 빠르게 마족을 정리했다. 남은 건 한 놈. 무혁이 상대하는 최상급 마족뿐이었다.

"돌격하라!"

그들의 접근을 느낀 데미우스가 뒤로 물러났다. 무혁 역시 마찬가지.

"후우."

7초가 남은 건가.

그 시간이 지나면 무혁은 그저 평범한 유저 수준이 될 터.

그래도, 도움은 되겠지. 강력한 소환수들이 있었으니까.

"마지막 놈이다! 처단하라!"

"우오오오오!"

강력한 마법사단과 성기사, 거기에 신관, 기사는 물론이고 궁수와 기마병까지 보카 백작과 함께하는 NPC들의 실력 또한 강력하기 그지없었다. 더불어 백호세가까지.

이 정도라면 충분히 상대가 가능한 수준이었다.

"감히!"

데미우스가 마기의 구슬을 날려댄다. 100여 개가 넘어서는 숫자. 그러나 마법사의 실드에 가로막혔다. 마법사가 한 명이라면 순식간에 깨졌겠지만 수십 명의 마법사가 전방위에 걸쳐 겹겹이 실드를 쳐버리니 마기의 구슬만으로는 깨뜨릴 수가 없었다. 공격이 막히니 자연스레 기세가 올랐고, 실드 안에 있던 이들은 함성을 내지르며 공격을 준비했다.

"공격하라!"

쏟아지는 마법과 화살들.

쾅, 콰아아앙!

데미우스가 마기를 끌어올려 공격을 막아냈지만 여파가 상당했다.

"크윽……!"

드디어 그의 몸에 상처가 새겨지기 시작한 것이다. 무혁과의 치열한 혈투에서 꽤 많은 힘을 소진하여 마기가 꽤나 줄어든 까닭이었다.

"밀어붙여라!"

그 모습에서 승리를 확신했다. 보카 백작과 병사들은 공격을 멈추지 않았고, 백호세가의 가주인 백호운과 장로들 역시 녀석을 사방에서 압박했다. 위험하다 싶으면 뒤로 물러났다. 마법사들이 실드를 걸어주고 신관들이 치유를 해줬다.

"다시 포위한다!"

"예, 가주!"

백호운을 선두로 하여 호법, 그리고 세가원이 측면을 도맡았다. 검격이 휘둘러지고, 사방을 신경 쓰고 있는 데미우스의 등에 적중했다.

"크읍!"

데미우스가 몸을 틀며 손을 휘저었다.

날아드는 강력한 마기.

백호운이 기합성과 함께 검을 휘두르자 강력한 바람이 휘몰아쳤다. 날아드는 마기와 바람이 얽혔으나 바람은 순식간에 절반이 넘게 잡아먹혔다. 그러나 함께 있던 장로들 역시 백호운과 거의 동시에 검을 그은 상황이었다. 강력한 바람이 더 해지자 마기도 쉽사리 바람을 제압하지 못했다.

칙, 치지지직.

백호세가원들까지 가세했다. 바람은 한층 더 강해졌고 마기는 그 바람에 휩쓸리기 시작했다.

"으, 으으……!"

데미우스의 몸이 터질 것처럼 불끈거렸다. 이내 바람이 뒤덮어 버린다. 그가 막아야 할 곳은 좌측 하나만 있는 게 아니었다.

전후사방.

거기서 날아드는 모든 기운을 막기 위해 뿌린 마기였기에 당연히 범위는 넓었으나 그만큼 얇을 수밖에 없었다. 그 얇은 층을 파고드는 사방에서의 공격에 결국 데미우스도 버티지 못했다. 비처럼 쏟아진 파괴적인 기운이 그를 두들겼다.

한 차례의 가격. 데미우스는 팔을 교차시켜 그 공격들을 막아냈다.

이어 들어오는 다량의 공격에.

"크흡……!"

충격을 받으며 비틀거렸고.

콰아아앙!

세 번째 기운에 휩쓸리며 주르륵 밀려났다.

네 번째, 다섯 번째. 계속해서 쏟아지는 강력한 기운이 상처를 만들고, 그 상처를 헤집어버렸다. 등에 내리꽂히는 힘에 앞으로 고꾸라질 듯 움찔거렸으나 끝끝내 버텨냈다.

측면, 정면, 그리고 위. 멈추지 않는 힘이 전신을 우그러뜨린다.

짜드득.

한계점이 지나고 동시에 공격도 멎었다.

솟구친 먼지가 바람에 흩날리고 포위망을 구축하던 이들과 보카백작, 심지어 무혁까지도 데미우스가 어찌 되었을지 눈을 크게 뜬 채 지켜봤다.

드디어 드러난 광경.

데미우스는 팔을 교차시킨 채 자리를 지키고 있었다.

"허어, 저런……!"

"아직도 버티고 있다고?"

"미쳤잖아?"

정말 혼신의 힘을 다한 공격이었다. 그런데도 버텼다?

괜스레 두려움이 샘솟는다. 기세가 사그라진다. 이대로는
안 되겠다 싶은 보카 백작이 기세를 높이려는 순간.

쿠웅.

데미우스가 앞으로 고꾸라지곤 이내 먼지로 화해 버렸다.

명백한 죽음이자 전투에서의 승리였다.

"이겼다……!"

"우와아아아아아아!"

뒤늦게 함성이 퍼졌다.

●

데미우스의 죽음이 마계에 전해졌다.

"그가 죽었다?"

"그렇다더군."

"재밌는데? 인간 녀석들이 그 정도로 강해진 거야?"

"이방인이란 자들의 힘도 무시할 수 없는 수준이라고 들었다."

"흐음."

동서남북, 네 곳을 지배하는 마왕이 한곳에 모였다. 중간계 토벌을 위해서.

"하지만 우리가 직접 갈 순 없어."

"제약이 있으니 당연한 말."

"대공을 보내는 것 역시 어렵다."

"결국 최상급 선에서 처리를 해야 한다는 거군."

결론은 하나밖에 없었다.

"차원의 틈 하나에 최상급 마족 한 녀석이 한계니, 일단 차원의 틈부터 늘려야겠지."

"작업에 속도를 가하는 걸로 하지."

이런저런 이야기가 이어진다. 그러다 툭 하고 터져 나온 동쪽 마왕의 목소리.

"만약 중간계 토벌에 실패하게 되면?"

"별걱정을 다 하는군."

"모든 수를 대비해야 하니까."

"그럴 일은 없어야겠지. 그러나, 걱정이 된다면 방법을 강구해야겠지."

고민하던 그들이 한 가지 묘안을 제시했다. 그들의 힘 일부가 깃든 구슬, 그걸 총사령관에게 주기로 했다.

"이 정도면 충분하지."

"다만, 위험한 일이라는 게 걸리는군."

이 구슬을 중간계에서 사용하게 되면 마찬가지로 제약을 받는다. 그 구슬에 깃든 힘이 마왕의 것이니까. 어떤 일이 발생하게 되면 인과로 인해 마왕들 개개인이 큰 타격을 입게 된다. 그러면 아래에서 호시탐탐 기회만 엿보는 대공들이 눈을 부라릴 터.

"위험한 일이야."

"하지만 중간계 토벌은 절대로 실패해선 안 된다."

인간이 절망할 때, 그리고 좌절할 때, 희망이 사라지는 순간 느낄 감정은 사기가 되어 마왕의 힘이 된다.

"도마뱀 녀석들이 방해하지는 않겠지?"

"녀석들과의 약속은 이행했다."

먼 옛날, 중간계를 침범했으나 인간과 드래곤이 힘을 합쳐 막아섰다. 처절한 싸움 끝에 긴 대치가 이어졌고 그 틈을 타서 신계가 마계를 공격했다. 결국 마족들은 마계로 돌아가야만 했으나 드래곤이 막아버렸다. 그 탓에 놈들과 맹약을 맺었고.

"중간계 침입 금지였지."

물론 지금은 기간이 지났다. 다만 긴 시간 인간을 죽이지 못한 탓에 가진 힘이 상당 부분 줄어든 형국이었다.

"이러다 신계에서 본격적으로 공격을 가해온다면?"

허무하게 패배하고 말리라. 그걸 막기 위해서라도.

중간계 정벌은 반드시 필요한 일이었다.

"어쩔 수 없군. 최후에만 구슬의 사용을 허가하지."

"좋아, 그럼 이제 각자의 영역에서 보낼 최상급 마족을 추려라."

"난 차원의 틈 작업을 서두르겠다."

네 명의 마왕이 순식간에 모습을 감췄다.

승리에 취한 것도 잠시, 차원의 틈이 열렸다는 소식이 전해졌다.

[제목 : 또 차원의 틈이 열렸습니다.]

[내용 : 이번에는 동시에 두 개가 열렸더군요. 불행하긴 한데, 이것으로 몇 가지 추측이 가능할 것 같네요. 먼저 첫 번째, 마족의 등급 제한입니다. 어쩌면 차원의 틈을 통과할 수 있는 건 최상급까지일 수 있겠다는 생각이 들었습니다. 그게 아니라면 최상급 이상 가는 마족 몇 명만 들여보내도 게임이 끝날 테니까요. 마을이며 도시며 왕국까지, 순식간에 파괴될 거라 추측합니다.

만약 이러한 제한이라면 크게 걱정하지 않아도 되지 않을까요? 그 위에 뭐가 있을지는 뭐 대충 예상은 되시죠? 대공이나 마왕이 있을 텐데, 그들만 등장하지 않는다면…… 희망은 있습니다.

자, 그러면 두 번째. 그건 바로 속도입니다. 차원의 틈이 열리는 속도가 생각보다 느립니다. 각개격파가 가능한 수준이더군요. 그러면 아주 쉽지 않냐고 할지도 모르겠는데, 아닙니다. 바로 세 번째 추측 사실이 문제가 됩니다.

추측 세 번째. 높은 확률로 차원의 틈이 열릴 때 그 숫자가 늘어날지도 모른다는 겁니다. 다음번에는 세 개, 다음에는 네 개일 가능성이 높아 보입니다. 정말 그렇다면 몇 개가 끝일지가 승패를 좌우하겠네요. 아무쪼록 일루전이 흔들리는 일은 없기를 바랍니다!]

└가능성이 높네요. 추리 잘 하시는 듯.

└이거 베스트 가자!

└추천 누릅니다!

└확실히 제약은 있는 것 같습니다. 아니면 밸런스 붕괴라서요. 최상급 마족 몇 명만 들여보내도 마을이며 도시며 왕국까지, 순식간에 파괴될 테니, 뭐.

└못 이길 거 없죠.

└음, 최상급 마족 한 마리 이미 죽였죠?

└네.

└그럼 뭐, 진짜 못할 거 없겠네요.

데미우스, 그는 강했으나 끝내 죽었다. 그렇다면 다른 최상급을 사냥하는 것도 가능할 터. 그러나 긍정적인 반응만 있는 건 아니었다.

└세 번째 추측이 좀 걸리긴 하네요.

└저두요.

└열 개가 동시에 열리면?

└상상하기도 싫은데요?

└음, 잘되길……!

└저도 초보라 뭐 할 게 없네요ㅠㅠ

└근데 지금 열린 차원의 틈은 위치가 어디죠?

└아, 그거 위치 공유되고 있을걸요?

└ㅇㅇ, 최신 글 확인해 보세요.

아주 재밌는 일이었다. 최상급 마족의 위치가 실시간으로 공유되고 있었다.

[제목 : 2시 31분경, 카텀 마을에서……!]
[제목 : 2시 36분, 카텀 마을 북쪽에 위치한 평원에서…….]

그 정보를 획득한 최상위 랭커, 그리고 거대 길드가 움직이기 시작했다.

───

이번에 나타난 마족 무리는 둘. 그중에 한 무리하고만 마주쳐도 상당한 성과를 이룰 수 있을 터였다.

블랙 길드 역시 마찬가지였다. 길드장 혁수는 최근 위상이 높아진 모습을 흡족하게 여겼다. 포르마 대륙에서만 따진다면 한 손에 꼽히는 수준이었으니까. 그럼에도 욕심이 났다.

아직도 가야 할 길이 멀었기에.

"카텀 마을에는 많이 안 오겠지?"

"오더라도 워프 게이트가 없으니까, 시간이 걸릴 거야."

"후우."

그래서 남들보다 더 앞서나갈 필요가 있었다. 지금도 마족 무리를 처리하기 위해 다급히 움직였다. 이유는 하나, 퀘스트 때문이었다.

"생각보다 마족 숫자가 적어서 경쟁이 심해."

"이게 참 문제지. 차라리 확 나와 버렸으면 좋겠다 싶다가도, 인연이 있는 NPC가 죽어버리면 슬프지 않겠냐."

"그래서 더 서두르는 거잖냐."

"그렇긴 하지."

"뭐, 그리고 걱정해 봐야 답도 없더라. 홈페이지 봤지?"

"세 가지 추측?"

"어. 그거 보니까 시간 지날수록 틈이 늘어날지도 모른다던데. 내가 봐도 가능성이 커 보이기도 하고."

"좋기도 하고, 걱정되기도 하고."

"뭐, 유저가 워낙 많으니까 찢어져서 마족 노리면 괜찮지 않을까?"

"그럼 다행인 거고."

"그 얘기는 됐고. 위치는 그대로지?"

"잠깐만."

부길드장이 홈페이지에 접속했다.

[제목 : 지금 전투 중! 마족 장난 아님!]
[내용 : 일단 전투는 카텀 마을 북쪽이 아닙니다! 거기를 지났고요! 다루 마을 남쪽 평원에서 전투가 치러지고 있스빈다! 음, 추측하건대

한 명은 최상급인 것 같습니다! 혼자 진짜 최상위 랭커 유저도 발라버리는 걸 보니 확실합니다! 무혁 유저의 일루전 TV를 바탕으로 하여 추정한 것이므로 틀릴 일은 없을 것 같습니다. 그 아래로 상급, 중급, 그리고 마물로 추정되는 녀석들이 다수 보입니다. 상급의 경우에는 최상위 랭커 수준이고 중급 마족은……]

└오, 추측의 달인 오셨네요.
└지난번 추측은 잘 봤습니다^^
└앞으로도 기대할게요.

확인을 한 부길드장이 중얼거렸다.
"카텀 마을 북쪽을 지났다는데."
"그래?"
"어. 지금은 다루 마을 남쪽 평원 근처래."
"서두르자고. 다루 마을까지 박살 나기 전에."
혁수가 크게 외쳤다.
"속도 높입니다!"
그에 조폭 네크로맨서 유저 몇 명이 명령을 내렸다. 타고 있던 군마가 한층 더 강하게 지면을 밀어내기 시작했다.
카텀 마을의 북쪽을 지나고 다루 마을의 남쪽 평원에 들어섰다. 유저가 꽤 있었다.
"전부 마족 노리는 건가?"
"대부분이 그렇겠지."

"워프가 없는데도 꽤 많네."

혁수의 얼굴에 초조함이 감돈다.

"벌써 잡힌 건 아니겠지?"

"설마."

이윽고 은은한 진동이 얼굴을 강타했다.

우-우-웅.

분명 폭발로 인한 여파였다. 근처라는 소리.

"거의 다 왔습니다!"

힘을 내서 전력으로 질주했다. 저 멀리, 드디어 보였다.

유저로 가득한 공간에서 솟구치는 스킬의 향연을 말이다.

"다 잡기 전에 어서!"

도착하자마자 스킬을 쏟아부을 생각이었지만 그럴 필요가
없었다. 절반 정도 좁혀졌을 무렵, 측면 유저 대부분이 녹아버
린 까닭이었다.

멈칫. 절로 걸음이 멎었다.

"뭐, 뭐야?"

뒤이어 전방에 위치한 유저도 상당수 죽어 나갔다. 말도 안
되는 강력한 힘에 압도되었다.

잠시 멍하니 있던 혁수. 어차피 죽어봐야 24시간……! 반복
퀘스트를 한 번만 깨도 온종일 사냥하는 것보다 이득이었다.
죽는다고 하더라도 마족을 죽일 수만 있다면, 충분히 싸울 가
치가 있었다.

이건 기회였다. 절대로 놓칠 수 없는.

"일단 소환수로 상황부터 파악하죠!"

"아, 네!"

그렇다고 무작정 들어갈 이유는 없었다.

방금 보지 않았던가. 허무하게 죽어버린 유저들을.

신중해야 한다. 동시에 저돌적이어야 한다. 그래야 이 많은 유저들을 한 걸음이라도 더 앞서갈 수 있을 테니까.

"으음, 마족이 꽤 많은데요?"

"어느 정도죠?"

소환수 계열 유저의 목소리가 퍼졌다.

"미쳐 날뛰는 마족이 한 놈. 적당히 날뛰는 놈이 열. 적당히 치고받는 마족이 백 정도네요. 나머지는 마물이고요."

"위치는요?"

"후방이 제일 쉬워 보이긴 합니다."

혁수의 눈이 빛났다. 적당히 치고받는 마족이 일백.

"중급이겠죠? 백 명 정도 되는 개체가."

"아마도 그렇지 않을까요?"

퀘스트를 깨트리기 위한 중급 마족의 숫자는 겨우 열. 충분히 가능한 수치였다.

"퀘스트는 길드 공용으로 바꾸겠습니다. 괜찮죠?"

"그럼요."

"저는 찬성이요."

"저도요."

이렇게 되면 퀘스트를 깰 경우, 경험치를 길드원 모두에게 분배된다. 당연히 경험치가 확연하게 줄어들겠지만, 보다 많이 깨뜨리면 될 일이었다.

"오늘 세 번만 깨보죠."

"좋습니다!"

"후미가 가장 약해 보이니까, 빙 돌아서 가겠습니다."

혁수를 선두로, 블랙 길드원 모두 크게 원을 그리며 움직였다. 은밀하면서도 신속하게 후미로 돌아간 혁수가 미소를 그렸다.

"돌진!"

후미의 상황은 확실히 괜찮았다.

기껏해야 중급 마족들. 그런 놈이 수십 마리가 있었으나, 주변 유저에게 포위당해 움직임이 제한적이었다. 블랙 길드까지 참전하니 자연스레 중급 마족들의 움직임이 더 둔해질 수밖에 없었다.

목표는 서른. 혁수는 처음부터 전력을 퍼부었다.

콰아아아아아앙!

이미 꽤 상처 입은 마족 한 마리를 처치했다.

경험치도 상당했다.

"모두 쓸어버려!"

길드원들도 상당한 활약을 시작했다.

[중급 마족 처치(2/10)]
[중급 마족 처치(3/10)]
[중급 마족……]

꽤나 좋은 분위기가 이어졌다.

그러나, 그것도 잠시. 전방에 있던 상급 마족 한 명이 후방으로 넘어왔다.

"인간 따위가!"

확실히 상규은 달랐다.

"크흐읍!"

"힐, 힐부터!"

"탱커 막아!"

블랙 길드장 혁수도 방심한 사이 놈의 공격을 당해야만 했다. 아니, 사실 방심하지 않았더라도 피할 수 없는 수준이긴 했지만.

콰아앙!

크게 밀려났지만, 다행히 죽지는 않았다.

"실드!"

"힐!"

실드에 치유마법까지 받은 덕분이었다. 그럼에도 HP는 바닥.

"그레이트 힐!"

몇 번의 힐을 더 받고서야 안정을 되찾았다.

"후, 상급 마족은 피하죠!"

"예, 길드장님!"

그러나 상급 마족은 쉽게 놓아주지 않았다. 수십이 넘어가는 유저를 홀로 압도하고 있었다. 그제야 중급 마족도 날뛰었고, 마물도 평소보다 힘을 발휘했다. 유저들은 더욱 밀려났고 상급 마족에게 걸린 이들은 하나, 둘씩 죽어 나갔다.

"제기랄!"

급히 주변을 훑어보는 혁수. 상위 마족 한 녀석이 또 후미로 오고 있었다.

이건, 안 돼.

일단은 물러나야 할 것 같았다.

"전원 물러납니다!"

"아, 네!"

지금까지 쌓은 신뢰가 길드원을 움직였다. 모두 머뭇거리지 않고, 바로 뒤로 물러난 것이다.

콰아아앙!

그 순간 들이닥친 상급 마족 한 마리. 이젠 둘이 된 상급 마족이 유저들을 녹여 버렸다.

"물러나면서 달려드는 중급 마족만 공격하죠."

"알겠습니다!"

멍청한 중급 마족 한 놈이 다가왔다.

"지금!"

[중급 마족 처치(10/10)]
[퀘스트 클리어, 경험치를 획득합니다.]

덕분에 10마리를 채울 수 있었다.

"오오······!"

"생각보다 경험치가 좋은데요?"

"크, 역시 끝내주는데!"

부길드장이 옆으로 다가왔다.

"이거 욕심나잖아, 진짜."

"그래도 지금은 아니지. 일단은 물러서자고."

"그래야지, 쩝."

그의 판단은 옳았다. 전투에서 확실하게 물러섰을 무렵, 최상급 마족이 후미로 들이닥쳤으니까.

"어……?"

"뭐야, 전방은?"

"다 녹은 것 같은데?"

"허어……!"

"물러서길 잘했네. 판단 좋았다, 길드장."

"이제 알았나?"

혁수는 고개를 절레절레 저었다.

최상급이라. 멀리서 보고 있음에도 그 충격에 전율이 일 정도였다.

"어후, 우리 저기 있었으면 녹았겠다."

"인정하고 싶진 않지만, 인정."

그렇다고 이대로 구경만 할 수도 없었다.

조금만 더 있으면. 저 여파가 여기까지 올 테니까.

"완전히 빠집니다."

"네!"

모두 뒤로 물러서려는 순간이었다. 어디선가 바람이 불어왔다.

뭔가 싶어 고개를 돌리는데, 순식간에 일단의 무리가 지나갔다.

후우웅.

"어?"

흐리긴 했지만, 알 수 있었다.

"무혁 님……?"

나머지 이들은 누구인가? 기이한 복장이었다. 마치 무인의 그것처럼 말이다.

"엥, 오랜만이에요."

"에?"

마침 성민우와 예린, 김지연이 다가왔다.

"아, 강철주먹 님!"

"여기서 뭐 하세요?"

"아, 마족 사냥하다가 물러나려고……."

"아하, 그러셨구나."

"예, 그런데……. 저기 최상급 마족이 있는데, 위험하지 않을지……."

"몇 마리인지 아세요?"

"한 마리더라고요."

"오호, 타이밍 좋고! 우리도 가자, 먼저 가볼게요!"

성민우는 웃으며 지면을 박찼다. 예린과 김지연이 뒤따르고. 남은 혁수와 블랙 길드원 모두 멍하니 그들을 쳐다봤다.

"최상급 마족이 있다고 했는데……."

"으음, 아무리 무혁 님이라도 무리일 것 같은데."

"그치?"

모두의 예상은 동일했다. 하지만 무혁이 상대하는 건 최상급 마족이 아니었다.

측면으로 돌아, 중급부터 상대했다.

"크어어어억!"

무혁의 검이 잔인하게 그어진다. 검선이 생겨, 공간을 가르고 그곳에 자리하던 마족이 허물어졌다.

[중급 마족 처치(3/10)]
[중급 마족…….]

마치 종이를 잘라내듯 쉽게 놈들을 처치했다. 마물은 그저 손짓 한 번에 날아갔고 상급도 얼마 버티지 못하고 목숨을 잃었다.

[상급 마족 처치(5/5)]
[퀘스트 클리어, 대량의 경험치를 획득합니다.]
[레벨이 상승합니다.]

최상급 마족이 급히 무혁에게 접근했으나.
백호보법, 윈드스텝. 풍폭, 유도화살.

[중급 마족 처치(9/10)]

물러나며 계속해서 화살을 날렸다.

팡, 파바바방!

눈앞에 있는 최상급 마족은 미간을 찌푸리며 손을 휘저었다. 검면으로 막아낸 후 그 충격에 몸을 맡겼다. 빠르게 뒤로 날아간 무혁은 착지와 동시에 소환수를 전원 불러냈다. 소환수로 최상급 마족의 움직임을 방해하면서 꾸준히 마물과 중급 마족을 베었다.

"인가아아아아아안!"

달려드는 놈을 마지막까지 무시했다. 끝내 놈을 제외한 전원을 처리했다.

"후우."

그제야 자리에 멈춘 무혁. 그 뒤로 백호세가의 인물들이 자리를 잡는다. 성민우와 예린, 김지연. 그리고 살아남은 유저들까지도. 모두가 오직 한 놈. 최상급 마족을 단단하게 포위했다.

"정말, 어이가 없군."

홀로 남았으나 놈의 기세는 줄어들지 않았다. 오히려 더욱 거세어졌다. 무려 최상급. 그는 스스로의 힘을 믿었다.

"인간들, 모두 각오해라!"

단번에 전부를 쓸어버릴 작정으로 움직이는 최상급 마족. 그러나 무혁도 가만히 당하고만 있을 생각은 없었다.

소환수 흡수.

후우웅.

소환수들의 힘 일부가 넘어왔다. 강력한 기운이 벼락처럼 내리꽂혔다.

일종의 전율.

그것을 바탕으로 지면을 찼다.

무혁의 검이 휘둘러졌다.

그어지는 선. 거기에 맞서는 척상급 마족의 날카로운 손톱.

카가각!

빛이 터지며 무혁이 밀렸다.

크읍!

그 순간 좌우에서 튀어나간 백호세가의 가주와 장로들이 달려드는 척상급 마족을 막아섰다. 무혁은 한숨을 돌린 뒤 느긋하게 균형을 잡고서 화살을 날렸다.

풍폭, 파천궁술 제 3초식, 파천사.

백호운과 장로들을 밀어붙이던 척상급 마족은 날아드는 화살을 무시하지 못했다. 거기에 실린 힘을 인지한 것이다.

"크윽……!"

결국, 공격을 멈추고 방어로 돌아설 수밖에 없었다.

"멈추지 마라!"

"예, 가주!"

백호운이 그 틈을 놓칠 리가 없었다. 가까이 접근해서 검을 횡으로 그었다. 무수한 검격이 지나간 자리.

서걱.

마치 공간마저 잘라낸 것만 같았다. 그 앞에 놓인 척상급 마족의 허리 부분이 쩌엉 하고 울렸다. 속이 진탕되는 기분에 최상급 마족도 순간이나마 움찔할 수밖에 없었다.

"흐아아압!"

그런 검격이 사방에서 뻗어왔다. 장로들의 공격이었다.

그 사이로 날아드는 화살 한 대. 역시 가장 신경 쓰이는 건
그것이었다.

"꺼져라!"

최상급 마족이 마기를 폭사시켰다. 백호운과 장로 모두 뒤
로 밀려났으나 화살은 마기를 꿰뚫고 들어갔다.

차앙.

간신히 화살을 쳐냈지만 풍폭이 터졌다.

솟구치는 먼지 위로.

"저것만 잡으면……!"

"경험치 대박이겠다!"

"잡자고, 잡아!"

포위망을 구축하던 유저들의 스킬이 빗물처럼 쏟아졌다.

최상급 마족이 괴성을 내질렀다. 힘은 넘치는데, 절묘한 협
공으로 제대로 움직이지 못하니 짜증이 솟구친 것이다.

"으아아아아아!"

분노의 고함과 함께 폭발을 뚫고 나아갔다. 무혁이 아니라,
후방 유저에게로.

"어, 어어……!"

엄청난 속도에 제대로 대응조차 하지 못했다.

서격.

휘둘러지는 날카로운 손톱에 즉사했다. 뻗어 나가는 마기에 몸이 터졌다. 고통은 극히 미미했으나 그들은 24시간 접속이 제한되는 패널티를 얻게 되었다. 강제로 로그아웃이 된 이들을 바라보며 놀라 숨을 삼키는 나머지 유저들. 하지만 유저의 욕심을 완벽하게 지울 정도는 아니었다.

"미친, 더럽게 세네!"

"그래도 한 놈이야, 겨우 한 놈이라고!"

"네가 죽나, 내가 죽나 보자!"

그들은 아직 원하고 있었다. 최상급 마족을 잡아 퀘스트를 클리어하는 스스로의 모습을 말이다.

"인생 한 방이라고!"

게임이기에 더 쉬운 선택이기도 했고 최상급 마족은 어이가 없었다. 이런 압도적인 힘 앞에서도 굴복하지 않으니 분노가 솟구쳤다.

귀찮음도 귀찮음이지만 이젠 서서히 위기감이 느껴졌다. 그 사실을 받아들일 수 없었다.

"모두 죽인다. 모두……!"

조금은 힘을 아껴둘 요량이었으나 이젠 뒷일을 생각하지 않기로 했다. 정말 전력을 다하여 마기를 폭사시켰다. 뿜어진 기운이 주변으로 퍼지기 시작했다. 어둠으로 가득해진 공간에서 유저들이 당황에 허우적거린다.

"뭐야? 안 보이잖아?"

"미친!"

그 순간, 하늘이 우르릉거렸다. 고개를 들어 올리니 보랏빛 구름이 하늘을 채운 상태였다.

"어……?"

쿠르르릉!

보랏빛 번개가 아래로 사정없이 내리꽂혔다. 엄청난 숫자의 유저가 타버렸다.

"으, 으아아악!"

"미친. 피해!"

"그냥 도망치라고!"

끝도 없이 쏟아진 번개가 공간을 휩쓸었다. 대부분이 죽어 나갔으나 일부 유저는 오히려 빽빽이 밀집해서 서로를 지켰다. 방패를 겹겹이 쌓고 그 위에 실드를 펼쳤다.

"워터 실드!"

"스톤 월!"

서로가 서로에게 의지하여, 끝까지 버텼다.

쿠르릉, 콰아앙!

계속되는 번개에도 이를 악물었다.

"조금만 더!"

지옥 같은 시간이 흘러가고 드디어 고요함이 찾아왔다. 고개를 들어보니 자욱한 구름도 사라진 뒤였다.

주변을 훑어봤다. 뭉쳐서 살아남은 유저 일부가 보였다.

"후, 그래도 꽤 있긴 하네요."

"네, 무엇보다……."

시선이 한 곳에 집중되었다. 무혁과 그 일행들이었다.

"저 사람들만 있으면, 뭐."

"충분히 이길 수 있죠."

"마지막 순간 잘 노려서 잡아보자고요."

"흐흐, 좋죠."

잠깐 사이, 벌써 공격을 시작한 무혁이 보였다.

팡, 파바바바방!

기운이 빠져 버린 최상급 마족을 밀어붙였다.

경험이 있어서일까. 이번 최상급 마족은 생각보다 쉬웠다.

[최상급 마족 처치(1/1)]

퀘스트 클리어 한 번에 레벨 하나가 올라갔다.

"크으."

그것만으로도 부족해서 경험치가 50% 이상 차올랐다.

"후, 생각보다 상대하기가 어렵지 않은데?"

"타이밍이 좋았지."

"그런가?"

"뭐, 호흡이 잘 맞은 것도 있고."

"흐흐. 한 곳 더 있잖아. 가볼까?"

"아직 살아 있으면."

곧바로 홈페이지를 살펴봤다.

"이거 같은데?"

[제목 : 해안가 최상급 마족은 처리했네요.]

[내용 : 최상급 마족까지 깔끔하게 처리했네요. 랭커 유저랑 NPC 대군이랑…….]

별수 없이 칼럼 마을로 돌아갔다.

"일단 쉬자, 정비도 좀 하고."

상처 입은 백호세가원도 치료를 시작했다.

무혁은 칼럼 소도시를 성장시켰다. 다른 이들은 가볍게 정비를 하면서 지냈다.

그렇게 흐른 시간.

"왔다, 왔어……!"

"최상급 마족?"

"아직 그건 모르겠고. 이번에는 틈이 3개가 열렸다는데?"

"3개라……."

"그나마 다행이라면, 이번에는 포르마 대륙에 나타난 차원의 틈이 1개네."

"그래?"

"어. 다른 대륙에 두 그룹이 나타난 듯?"

"뭐, 이 정도라면 아직은 괜찮긴 한데."

"흐음. 나중에 5개 이상 틈이 발생하면 꽤 난감하겠는데?"

여러모로 골치가 아팠다.

"뭐 걱정은 됐고. 일단 바로 움직이자고."

"오케이."

무혁은 곧바로 백호세가를 소집했다.

가주와 장로. 이번에는 호법 두 명도 포함된 휴식조가 강한의 명을 기다렸다.

"누구도 죽어선 안 됩니다. 우린 그저, 마족 녀석들을 처리할 뿐이니까요."

"예!"

"걱정하지 않아도 됩니다!"

이동하면서 홈페이지를 살폈다. 일단 가장 가까운 헤밀 제국의 북쪽 필드로 이동했다. 도착하니 전투가 한창이었다.

"저기 아뮤르 공작 아냐?"

"맞네."

"보카 백작도 있고."

물론 둘은 후방에 위치한 상태였다. 전방에서는 다수의 기사가 마족과 치열한 전투를 이어가는 중이었다.

"물러서지 마라!"

생각보다 분위기가 좋지 않았다. 고민할 시간은 짧았다.

"일단 우리도 싸우자고."

"모두 갑시다."

"예!"

백호운과 장로, 호법. 그리고 세가원 모두가 무혁의 뒤를 따랐다.

순식간에 좁혀진 전장. 외곽에 위치한 중급 마족부터 차근차근 줄여 나갔다. 굳어 있던 전장의 분위기가 바뀌는 순간이었다.

●

겨우 첫 번째 무리를 처치했다. 그러나, 피해가 컸다.

"후우."

장로 몇 명을 포함한 백호세가원 절반 이상이 중상을 입었다. 경상이라면 신관의 마법으로 즉시 치유가 되지만, 중상은 아니었다. 유저와는 달리 어느 정도의 시간이 필요했다. 어차피 다른 대륙까지 가기엔 시간도 상당히 걸릴 터.

"오늘은 여기까지 하죠."

"예!"

이제 휴식을 취하기로 했다. 타 대륙의 두 그룹 정도야. 그곳에서 충분히 막아낼 수 있으리라는 판단이었다.

"어? 야, 게시물 하나 떴는데……."

하지만 상황이 무혁을 그냥 두지 않았다.

"그래? 뭐래?"

"이거 직접 봐야겠다."

"흠, 알았어."

게시물을 읽는 그의 표정이 굳어졌다.

[제목: 저 카이온 대륙에 있는데……!]

[내용: 왕국 부서지고 난리네요. 하필 두 그룹이 동시에 나타나서……!]

└헐, 두 그룹이요?

└그러면 최상급 마족이 둘?

└와, 이건 지렸다……!

└어떻게 막지?

└NPC로 되려나?

└랭커 유저 대거 모여야 할 듯.

└그냥 두면 제국도 초토화될지도 모름.

└카이온 대륙 망하는 건가.

└이렇게 허무하게?

두 그룹이 뭉친 거라면, 정말 큰일이었다. 빠른 판단이 필요했다.

"부상자는 칼럼 소도시로 돌려보내죠."

"예? 그러면……."

"남은 이들은 함께 카이온 대륙으로 갑니다."

"알겠습니다."

부상자가 돌아가면 전력이 대폭 줄어든다. 위험도가 높아지는 것이다. 그렇다고 카이온 대륙의 상황을 그저 바라만 볼 수도 없는 일. 결국, 대륙을 넘어갔다.

"출발하겠습니다."

카이온 대륙의 포프넘 제국. 최상급 마족 두 명이서 학살을 펼치는 전장으로, 유저들이 속속들이 모여들었다. 모두 실력에 자신이 있는 랭커들이었다.

"조금 더 기다리자."

"왜?"

"아직 부족해. 최상급 마족이 둘이라고."

"으음. 하지만……."

지금도 NPC는 죽어가고 있었다.

"어쩔 수 없어. 지금 우리가 덤벼봐야 의미도 없으니까."

"하, 제기랄."

그때 대규모 유저가 등장했다.

"어? 저기 피닉스 길드 아닌가?"

"맞네!"

"오, 피닉스 길드!"

대륙을 통틀어 2위에 링크되어 있는 거대 길드, 피닉스. 그들이 등장한 것이다. 착용한 아이템부터 질서정연한 모습까지. 한눈에 봐도 듬직했다. 그러나, 그들도 전투에 참여하지는 않았다.

"아……!"

"부족하다고 생각하는 건가?"

"그렇겠지."

"하긴, 최상급이 두 마리니."

한 놈도 버거울 판에, 둘. 하나와 하나를 더해 둘이 되는 단순한 계산이 아니었다. 최상급 마족 둘은 그것을 뛰어넘는 그 이상의 것이었다.

"어, 지기 최상위 랭커디!"

"칼란스 무리네."

유저 칼란스가 주축이 된 최상위 랭커 파티. 소규모였지만 실력은 확실했다.

"오, 저기도……!"

그런 이름난 유저가 사방에서 튀어나왔다. 그럼에도, 지켜보기만 했다. 누구 하나 앞으로 나서 전투에 참여하지 않았다. 포프넘 제국의 성벽이 무너지고, 그곳으로 기어오른 마물과 마족이 NPC 병사를 유린할 때도 마찬가지였다.

"젠장, 언제 싸우는 거야!"

그들의 입장이 이해되지 않는 건 아니었다.

누군가 나섰다가. 그 뒤를 아무도 받쳐주지 않는다면? 허무한 죽음만 기다릴 터. 서로의 눈치만 보는 기이한 상황이었다. 그 와중에도 유저는 계속 모였다.

실력자들이 끊임없이 모여들어 눈치를 본다.

"어……!"

그때, 실력자들조차 놀라며 눈을 크게 떴다.

"왔다, 왔어……!"

"오오!"

랭킹 1위 무혁과 그 일행이 등장했다.

●

　무혁보다 조금 뒤처진 곳. 블랙 길드 혁수가 길드원을 데리고 걸음을 옮기고 있었다.
　"거의 다 왔습니다!"
　"후우……!"
　"이번에는 두 무리라고 하니까 전투가 꽤 클 겁니다. 제대로 퀘스트 깨보자고요!"
　"우오오오오!"
　"가자!"
　저 멀리 드디어 유저들이 보였다.
　그런데 뭔가가 이상했다. 이 정도 무리가 오면 궁금해서라도 쳐다보게 마련인데 저들 중에서 뒤를 바라보는 이는 한 명도 존재하지 않았다. 모두가 정면을 주시할 뿐이었다.
　뭐지……? 고개를 갸웃거린 혁수.
　매의 눈. 스킬을 사용해 전방을 살폈다.
　"아……!"
　익숙한 무리가 보였다. 그리 많지는 않은 숫자였으나 존재감 하나만으로도 시선을 앗아가 버렸다.
　무혁!
　선두에 선 그와 뒤로 도열한 무리.

조금의 망설임도 없이. 그들은 성벽을 무너트리는 마족의 후방으로 다가갔다. 그 당당한 뒷모습을 나머지 유저들이 멍하니 바라보고 있었던 것이다.

"우리도 갑니다!"

"예⋯⋯?"

"무혁 님이 선두에 있으니까 괜찮을 겁니다!"

"무혁 님이요?"

"진짜다, 진짜 무혁 님이야!"

"오오, 가자!"

"그래, 무혁 님이라면⋯⋯! 이길 수 있다고!"

당황스럽게도 블랙 길드장은 혁수였으나, 그들은 오히려 무혁의 존재에 열광하며 기세를 끌어올렸다. 승리를 확신하는 표정으로 각자의 무기를 뽑아 든 채 달려들었고. 그 모습에 정신을 차린 다른 유저들도 뒤늦게 움직이기 시작했다.

"뭐 하는 거야. 우리도 간다!"

"예!"

"모두 출정하라!"

랭킹 1위의 유저. 그가 이룬 업적들을 떠올리자면 이 싸움 역시 해볼 만하다는 판단이 내려진다.

모두의 생각이었고 그 생각에 전장을 주도했다.

"가자아아아아아!"

"우와아아아아!"

어마어마한 숫자의 실력자들이 전장으로 뛰어들었다.

마물과 마족을 밀어붙였다.

[중급 마족 처치(10/10)]

무혁과 백호세가원의 활약이 가장 두드러졌다. 끝없이 마족이 죽어나갔다.

[상급 마족 처치(3/5)]
[중급 마족 처치(2/10)]
[중급 마족⋯⋯.]

엄청난 속도로 마족을 죽여 나갔다.
"멈춰라!"
그제야 성벽 근처에 있던 최상급 마족 한 녀석이 후방으로 이동했다. 동시에 손을 휘젓는 녀석.
쿠후후훙.
날아드는 날카로운 바람.
"흐읍!"
쉽게 움직이지 못할 정도로 바람 자체가 강력했다. 동시에 그 바람의 형태가 칼날처럼 예리해서 신체를 스치면서 지나갈 때마다 HP가 무섭게 줄어들었다. 마법사가 없어서 실드를 펼칠 수 없는 상태였기에 꽤나 난감했다.
"실드!"

그 순간 뒤에서 접근한 유저들이 마법을 펼쳤다.

그를 슬쩍 쳐다보는 무혁. 눈이 마주치자 상대 유저가 고개를 숙이며 인사를 해왔다. 무혁 역시 고마움을 표했다.

그래, 동료라는 건가?

유저들은 적도 경쟁자도 아니었다.

욕심만 버린다면……! 모두가 동료인 것이다.

"날뛰어보자고."

유저를 믿어보기로 했다. 이곳에 모인 모두가 같은 마음일 것이라 여겼으니까. 일루전을 지키고자 하는 마음. 그것만큼은 결코 부정할 수 없을 테니까.

윈드스텝. 검을 뽑아 든 채 눈앞에 있는 최상급 마족에게 달려들었다.

파바밧.

그 뒤를 받치는 수백 마리의 스켈레톤과 백호세가의 가주 백호운. 장로는 물론이고 호법과 세가원들까지. 그게 끝인가? 아니다. 성민우의 정령과 예린의 늑대, 김지연의 치유마법. 그리고 이제는 동료라 여겨지는 무수한 유저들의 보조까지.

풍폭, 백호검법……!

충분히 이길 수 있는 싸움이었다.

◉

최상급 한 마리를 겨우 잡아냈다.

"후우, 하아."

이미 무수한 유저가 죽어버렸다. 남은 이들도 진저리가 쳐지는지 고개를 크게 저어댔다.

"미쳤네, 최상급 마족……."

"와, 이렇게 센 거였어?"

"돌았다, 진짜."

최상위 실력자는 거의 다 모인 전장. 덕분에 무혁은 소환수 흡수를 쓰지 않고서 간신히 놈을 처리하는 것에 성공했다. 물론 백호세가 가주, 백호운의 역할이 가장 컸다.

"고생했어요."

"별말씀을."

아쉽게도 그는 중상을 입었다. 더 이상의 전투는 무리. 남은 녀석은 백호운 없이 상대해야만 했다.

버겁긴 하겠지만…… 희망이 없는 건 아니었다.

스윽.

뒤를 돌아보니 어느새 도착한 새로운 유저들이 득실거렸다.

"가죠."

덤덤한 목소리가 퍼지고. 지친 기색의 유저들이 다시 고개를 들었다.

"후아."

깊은숨을 내뱉으며 무혁의 뒤를 쫓는다.

그리고 미쳐 날뛰는 그를 보조하며 남은 마족을 사냥했다.

"우오오오오!"

말도 안 되는 전투가 이어졌다. 랭킹 1위가 무엇인지 그 위치가 어느 정도인지를 알려주는 강력함이었다.

쾅, 콰아아앙!

마물이, 그리고 마족이 녹아버린다. 허무하게 죽어 나갔다. 참으로 많다고 여겼던 놈들이 어느새 정리되었다.

"한 놈 남았습니다."

그리고 마지막으로 남은 최상급 마족.

놈과 부딪혔다. 머지않아 승리의 함성이 들려왔다.

제6장
늘어나는 틈

승전보는 끊임없이 울렸다.

4개, 5개, 6개. 차원의 틈이 어느새 12개까지 열리면서 대륙의 피해는 커져만 갔으나. 그럼에도 포기하지 않고 싸운 덕에 무사히 지켜낼 수 있었다.

대륙도, NPC도, 일루전도. 다행스러운 일이었으나 유저들은 서서히 지쳐갔다.

대륙을 지키는 자들도 마찬가지. 힘겹게 한 무리를 처리하고 조금 휴식을 취하려 할 때였다.

"아, 젠장. 또야……!"

"뭐?"

"또 틈이 열렸다는데?"

"이, 미친."

[제목 : 또 틈이 열렸다고 합니다!]

[내용 : 이번에는 13개! 유저님들, 위치 공유 부탁드립니다!]

└**포르마 대륙, 남쪽**…….

└**카이온 대륙**…….

또다시 틈이 열렸다. 휴식을 취할 겨를도 없이 그들과 치열하게 싸웠다.

많은 유저가 죽고 무수한 병사들이 사망했다.

[제목 : 포르마 대륙에는 이제 무리만 남았네요!]

[내용 : 다른 대륙에도 각각 한 무리씩이고. 깔끔하게 끝내죠!]

포르마 대륙의 마지막 무리를 제압하기 직전이었다.

14개의 틈이 열렸다. 기존에 남은 세 개의 무리. 총 17개의 무리가 대륙 곳곳에서 학살을 일삼았다.

"아아……."

최상급 마족만 무려 열일곱. 절망감이 스멀거리며 덮쳐왔다. 그러나 포기하진 않았다.

무혁 역시 지금까지보다 더 바삐 움직였다.

"후우."

그럼에도 시간이 지날수록 더 힘들어지는 형국이었다.

그래도 달려 나갔다. 군마를 타고서, 워프게이트를 활용하면서 더 많은 마족을 죽였다.

[퀘스트 클리어, 대량의 경험치를 획득합니다.]

덕분에 레벨이야 무서울 정도로 오르고는 있지만, 기분은 썩 좋지 않았다. 각 대륙에서 네 무리씩. 총 12개의 무리를 처리하고 고군분투한 무혁이 두 무리를 더 정리했을 즈음. 또 다른 차원의 틈이 곳곳에서 발생했다.

"빌어먹을……!"

이번에는 헤밀 제국에만 세 무리가 등장했다. 부정할 수 없는 한계였다.

그 순간, 기적처럼 각 대륙의 숨은 힘이 모습을 드러냈다.

"여기 있었냐?"

"스승님……?"

"클, 피곤해 보이는구만. 조금 쉬어라."

발시언도 그중에 한 명이었다.

등을 돌린 그, 손을 휘저으니 수천 마리의 스켈레톤이 나타났다.

"아……!"

한 마리, 한 마리가 모두 압도적인 수준. 전원이 진화를 거친 상태였다. 그것도 최종진화를 말이다.

"인간도 아닌 것들이 참 귀찮게도 구는구나."

이어 나아가는 스켈레톤이 마물과 마족을 뒤덮어 버렸다.

최상급 마족 셋이 다급히 달려들지만 검은 막에 막혀 버렸다. 발시언의 보호막이었는데 그 경계선 앞에서 상급 마족까지 녹아버렸다.

"이깟 장난질을!"

막을 거세게 두드렸지만 쉽게 깨어지지 않았다.

콰앙, 콰아아앙!

금이 가고 막이 부서졌을 땐.

"······."

이미 최상급 마족 셋을 제외하고 나머지는 모두 죽어버린 후였다. 발시언이 비릿하게 웃으며 손을 휘저었다. 각종 저주와 디버프 마법이 최상급 마족을 억눌렀다.

"흐아아아압!"

물론 쉽게 당하진 않았다. 기합으로 지워 버리고. 깊게 가라앉은 활화산처럼 뜨거운 눈빛으로 걸음을 옮긴다.

"그래, 꽤나 강한 인간인가."

"인정할 수밖에 없겠군."

셋은 대화를 나누며 발시언을 직시했다.

"클, 기껏해야 최상급 따위가······."

이어 스켈레톤 무리와 부딪혔다.

그야말로 대군. 수천의 무리가 셋과 뒤엉켰다. 발시언은 뒤에서 가만히 지켜보다 간간이 손을 휘두르며 최상급 마족을 방해했다.

"해골 따위!"

"꺼져라!"

확실히 강하기는 했다. 스켈레톤도 대단했지만, 그 많은 대군을 차근차근 부서뜨리는 최상급 마족 세 녀석은 역시나 경시할 수 없는 수준이었다.

어마어마한 마기가 공간을 녹였다. 스켈레톤 대군에 구멍이 뚫렸다. 물론 그 구멍은 다른 스켈레톤이 메웠다.

끝이 보이지 않는 전투. 그러나 한 가지 확실한 건 스켈레톤은 지치지 않는다는 것이고 최상급 마족은 지친다는 점이었다.

"흐음."

족히 2천 이상의 스켈레톤이 죽었을 즈음이었다. 발시언이 걸음을 옮겼다. 이어 그의 몸이 보랏빛 기운으로 물들었다. 하늘로 솟구친 기운은 수천 갈래로 나누어져 스켈레톤에게 흡수되었다.

지이잉.

스켈레톤의 기세가 달라졌다. 움직임 역시도.

"크으읍……!"

변화를 몸으로 체감하는 최상급 마족 셋의 표정이 덩달아 굳어졌다. 하지만 아직 압도될 정도는 아니었다. 무리하자면, 충분히 처리가 가능한 수준.

최상급 마족이 전력을 끌어냈다.

스켈레톤이 다시 한번 빠른 속도로 부서지고.

"후우……."

발시언의 몸에선 붉은빛이 뿜어졌다. 그 기운이 흡수된 스켈레톤은 신체적으로도 변화했다.

조금 더 커지면서 단단해졌다. 더 이상 최상급 마족의 공격에 허무하게 부서지지 않았다. 그렇다고 최상급 마족을 짓이기는 수준까지는 아니었다. 밀어붙이고는 있으나, 한 방이 부족했다.

"크음."

하지만 발시언도 무리를 했음인가. 비틀거렸다.

급히 다가가 부축을 하는 무혁.

"괜찮으세요?"

"크흠, 괜찮아."

"나이도 드신 분이……."

괜찮다고는 하지만 무혁이 보기엔 그렇지 않았다.

얼굴부터 파리해졌다. 무리를 한 것이 분명했다.

"이제 제가 정리할게요."

"할 수 있겠냐?"

발시언이 씁쓸하게 물어왔다.

"당연하죠. 누구 제자인데."

"허허……."

젊을 적에만 해도 몇 번이나 쓸 수 있었던 비기였다. 지금은 겨우 두 번이 한계. 안타까울 수밖에 없는 상황이었다.

"그래, 믿으마."

그러나 제자를 바라보며 웃었다.

"한번 보자, 얼마나 컸나."

"예, 지켜보세요."

소환수를 불러낸 무혁이 바로 스킬을 사용했다.

소환수 흡수. 강대한 힘을 받아들인 후 지면을 밀어냈다.

파바밧.

엄청난 속도로 최상급 마족 셋에게 쏘아져 나갔다.

최상급 마족의 측면. 빅 스켈레톤의 뒤에서 잠시 대기했다.

쾅, 콰과과과광!

전투에 몰입한 상태의 최상급 마족 셋을 가까운 거리에서 느끼니 숨이 턱하고 막혀왔다. 한 놈이나 두 녀석과는 확실히 달랐다. 기척조차 죽여 버린 채 빅 스켈레톤의 뒤에서 대기했다. 순간 휘둘러진 손톱이 빅 스켈레톤을 그었다.

카가가각!

몇 걸음 밀려나는 빅 스켈레톤.

파앗.

대기하던 무혁이 검을 내질렀다. 예상치 못한 순간, 파악하기 어려운 속도로 뻗어 나가는 검격에 최상급 마족의 눈이 순간 커졌다. 놈이 반응하지 못하는 사이, 검날은 투구 아래의 드러난 틈을 파고들었다.

푸욱.

손맛이 제대로 느껴졌다.

[크리티컬이 터집니다.]

움찔거리는 최상급 마족에게 접근했다.

풍폭, 백호검법 제 2초식 백호파.

빛이 되어 놈에게 내리꽂혔다. 벼락이 터지듯, 무수한 공격이 이어졌다.

팡, 파바바바방!

본래라면 마기를 터뜨려 스킬을 강제로 취소시켰겠지만, 지금은 목이 뚫린 상태라 그런지 제대로 반응하지 못했다.

"크, 크흐······."

그저 비틀거리며 물러날 뿐이었다.

계속되는 공격. 스킬이 풀리자마자 다시 한번 사용했다.

제 2초식, 백호파.

무혁의 공격 한 방, 한 방이 강력했다. 그런 공격이 계속되었다. 다른 두 명의 최상급 마족은 스켈레톤에게 둘러싸인 터라 무혁에게 신경을 쓸 겨를이 없었다. 이 틈에 한 놈이라도 처리할 심산이었다. 무리를 해서라도 말이다.

스윽.

다시 스킬이 풀렸다. 자리에 내려앉은 무혁이 검을 그었다.

풍폭, 제 3초식, 백호참.

풍폭, 제 3초식, 백호참.

강제로 사용한 스킬이라 마나의 소모가 극심했다.

모여드는 힘, 강한 일격.

물론 백호검법만 사용하진 않았다. 다른 스킬 역시 강했으니까. 특히 모여드는 힘은 백호검법보다 더 강하다고 해도 과언이 아니었다.

콰아아아아아앙!

그러나 강제로 사용할 순 없었다.

풍폭, 십자베기. 풍폭······!

스킬을 한 바퀴 돌린 후. 다시 백호검법을 난사했다.

1초식 두 번. 2초식 두 번. 3초식 두 번.

그제야 놈이 비틀거리며 쓰러졌다.

털썩.

"후우."

긴 호흡을 뱉으며 검을 내질렀다.

[크리티컬이 터집니다.]

[최상급 마족 처치(1/1)]
[대량의 경험치를 획득합니다.]

등을 돌려 최상급 마족 둘을 눈에 담았다.

대거 사라진 스켈레톤.

실망했냐고? 전혀.

오히려 감탄으로 온몸이 젖었다.

무려 최상급 마족을 상대로 겨우 스켈레톤이 이렇게까지
버텨낸 것이다.

역시 대단하시네.

괜스레 웃으며 검을 검집에 넣었다.

활을 꺼내어 시위에 화살을 걸었다.

풍폭, 파천궁술……!

1초가 아쉬운 순간이었다. 소환수 흡수의 유지시간이 끝나기 전에, 둘을 처리하고 싶었다.

광, 파바바방!

남은 한 녀석과 싸우는 도중, 소환수 흡수 스킬의 유지시간이 끝났다. 별수 없이 뒤로 물러났다. 발시언의 스켈레톤과 무혁 본인의 소환수들. 그리고 동료와 백호세가, 더불어 유저들의 도움을 받아 마무리를 지었다.

[최상급 마족 처치(1/1)]

안도하며 뒤로 물러났다.

"후우."

옆으로 성민우와 예린, 백호세가원이 붙었다. 그들과 함께 승리를 만끽한 후 주변을 훑어 발시언을 찾았다.

"스승님!"

"고생했다."

"고생은요, 뭐. 그래도 어땠어요?"

"확실히 꽤 성장했구나."

"그렇죠?"

"수제자니까 당연한 거지. 내가 얼마나 아낌없이 퍼줬는데."

"잘 알고 있죠. 감사합니다."

"크흠, 그래, 그래."

"근데 다른 곳도 갈 수 있으세요?"

"클, 그건 안 되지. 나도 늙었다, 이놈아."

"아, 그러시구나······."

"실망한 표정 짓지 마라. 뭐, 거긴 또 나름대로 움직일 테니까."

그렇다면 다행스러운 일이었다. 숨은 고수 NPC라고 해야 하려나. 무혁은 안도하며 발시언을 데려다줬다.

"난 계속 여기에 있을 테니, 넌 돌아다녀라."

"알겠습니다."

"그래, 다음에 또 보자."

"네, 스승님."

발시언과 헤어진 후, 동료에게 다가갔다.

"왔나?"

"어. 상황은 어때?"

"홈페이지 보니까, 어느 정도는 처리된 것 같더라."

"그래? 진짜 숨은 NPC들이 나섰나 보네."

"어, 다행이지, 뭐. 물론 아직 전투 중인 곳도 있고. 위치만 파악하고 있는 곳도 있고."

"흐음."

지금 당장은 큰 도움이 되지 못했다. 소환수 흡수를 쓰지 못하기에. 3시간은 기다려야 했기에 시간이 상당히 넉넉했다.

아이템 강화나 하자.

그동안 스스로를, 동료를, 그리고 스켈레톤의 전력을 끌어올랐다.

"시간 됐네."

"어, 가자."

소환수 흡수의 쿨타임이 20분 정도가 남았을 때 최상급 마족과 전투 중인 지역으로 향했다. 도착하자마자 전투 중인 공간으로 진입했다.

쾅, 콰과과과광!

마물이나 중, 상급 마족은 문제가 아니었다.

최상급. 놈이 날뛰고 있었다.

"으음."

랭커 무리가 놈을 상대하고는 있었지만 제대로 막아내지 못했다. 틈틈이 랭커 무리에서 빠져나와 사방을 휘저었다.

"그래도 어떻게 상대가 되기는 하네."

뒤에서 지원하는 NPC 덕분이리라.

저 사람인가? 유독 존재감이 큰 자가 있었다.

전투계열은 아닌 것 같았지만 그의 지원을 받은 유저는 잠깐이나마 뛰어난 움직임을 보였다. 최상급 마족을 막아내고 있는 일등공신이기도 했다. 무혁은 잠시 지켜보다가 랭커 무리가 크게 흔들리는 틈을 파고들었다.

"지금, 갑니다."

"예!"

백호세가원과 성민우, 예린이 뒤를 따랐다.

"스켈레톤 소환."

데스 스켈레톤까지 불러낸 뒤. 소환수 흡수. 힘의 일부를 받아들였다.

[NPC '바든'의 힘이 부여됩니다.]
[모든 능력치가 크게 상승합니다.]

순간 움직임이 크게 달라졌다.

허……!

소환수 흡수와 잠력 격발을 동시에 사용할 때보다 더욱 강한 힘이 들끓었다.

씨익-

미소와 함께 화살을 날렸다.

풍폭과 파천궁술. 두 스킬의 시너지 효과는 언제나 그랬듯이, 파괴적이었다.

"후아."

평소보다 훨씬 쉽게 최상급 마족을 처리했다. 다시 3시간을 기다리면서 스켈레톤이 사용하는 무구를 강화했다. 차근차근, 한 단계씩 강화도가 높아졌다.

"다시 가자고."

시간이 다가오면 또다시 사냥을 나섰다.

차원의 틈 48개가 동시에 열렸다. 대륙마다 평균 16마리의 최상급 마족이 등장했다. 다시 한번 한계에 부딪혔다. 대륙마다 아니, 제국이나 왕국마다 숨은 실력자 NPC가 나섰지만 그럼에도 처리하지 못하는 최상급 마족의 숫자가 한 마리씩 늘어만 갔다.

벌써 42마리. 그룹으로 따지면 무려 42그룹. 놓친 마족 그룹의 숫자였다. 피해 역시 나날이 커져만 갔다. 많은 NPC가 죽어 나갔다. 무수한 마을과 소도시가 부서졌고. 왕국 역시 세 곳이 무너졌다.

그나마 칼럼 소도시는 괜찮았다. 대비를 제대로 해둔 덕분에 마족 무리가 공격을 해와도 충분히 버티면서 시간을 끌었다. 그사이에 출정했던 무혁과 백호세가원이 돌아와 놈들을 정리하고는 했다.

그렇게 네 번. 막아낼 때마다 다시 목책을 보수했다. 대단한 성과였다. 그러나 걱정이 이어진다.

계속 반복된다면? 마족 그룹이 늘어난다면? 결국, 칼럼 소도시도 큰 피해를 입을 것이기에.

그래서 쉴 수 없었다. 한 그룹이라도 더 줄여놔야 안전할 확률이 높아지니까.

"후, 일단 이번에도 목책부터 세우죠."

"예, 영주님."

라카크가 인부를 지휘했다.

"전 다시 나갔다 오겠습니다."

"조심하십시오."

"그래야죠."

쪽잠을 자면서 움직였다. 엄청난 폭업. 그러나 줄어들지 않는 마족 무리에 지쳐갔다.

또다시 벌어진 차원의 틈. 이번에는 49개였다. 살아남은 무리 42그룹까지 포함하여 총 91그룹이 대륙을 누볐다.

[제목 : 와, 이건 아니다……!]

[내용 : 91마리야, 91마리. 그것도 최상급 마족만. 이놈들 처리할 수는 있으려나? 그 사이에 대륙 전부 파괴될 것 같은데……!]

└조금 있으면 50개 열리겠죠?

└51개, 52개, 53개. 계속 이어지겠죠, 뭐.

└아, 제발 49개가 끝이길 바랍니다, 진짜로.

└그래. 50개. 깔끔하잖아요. 50개까지만 가자. 51개요? 어우, 그건 나오면 진짜 망해요.

└하, 감이 안 좋네요. 이렇게 끝나는 건가요? 일루전, 정말 재밌게 잘 즐기고 있었는데ㅠㅠ

└주가도 쭉쭉 떨어지고 있음.

└망했네, 망했어

└하, 접어야 되나?

└뭐, 그냥 마족 없는 곳에서 사냥이나 하면서 지내야 할 듯……!

└대륙 자체를 지워 버리진 않겠지, 설마.

└그 설마가……!

초반에는 부정적인 견해가 홈페이지를 채웠다.

[제목 : 그래도 무혁 님이 있습니다!]

[내용 : 지금까지 잡은 최상급 마족만 몇 마리인가요! 믿어보고 싶네요……ㅠㅠ]

└아, 무혁 님은…… 뭐라 할 말이 없네요.

└하, 영상 매일 뜨는 거 보면, 진짜…… 리스펙트합니다, 리스펙트!

└무혁 유저, 대단하죠. 인정합니다.

└백랑 유저도 활약 많이 하더군요.

└그분도 인정……!

└진짜 압도적으로 센 유저 몇 명 덕분에 그나마 여기까지 버텼네요.

└감사할 따름이죠.

└조금만 더 힘내주세요ㅠㅠ

└저도 패널티 시간 끝나면 바로 전투에 참여합니다!

└가자아아아아!

└그래, 열심히 하는 거 보니까 저도 울컥하네요. 저도 지금 당장 접속합니다! 망하더라도 끝까지 보고 망해야죠!

└X바, 그래. 끝까지 가봅시다!

시간이 흐르면서 반전되었다. 끝을 보자는 쪽이 많아졌다. 그 덕분이라고 해야 할까. 실질적으로도 전투의 양상에 변화가 생겼다.

"많은데?"

가장 위험하다는 지역으로 간 무혁의 눈이 빛났다.

"그러네. 뭐지?"

유저들의 숫자가 평소보다 훨씬 많았다. 게다가 싸움에 임하는 그들의 행동 하나하나가 치열했다.

결코 포기하지 않겠다는 듯. 정말 없는 힘까지 쥐어 짜내면서 마족을 상대했다.

"어어? 오히려 미는데……?"

최상급 마족에게 죽어 나가는 유저가 더 많았다. 그럼에도 불구하고 그들은 죽음을 불사 지르듯, 앞으로 나아갔다.

"한 놈이라도 더 죽여!"

"개 같은 마족들!"

그 분위기에 무혁이 고개를 갸웃거렸다.

"이상한데? 분명 제일 위험한 지역이라고 하지 않았어?"

"맞아. 최상위 랭커 유저가 한 명도 없으니까."

백랑을 비롯한 이름 있는 유저는 다른 지역에서 마족과 싸우는 중이었다. 그러니 당연히 이곳은 위험해야 정상인 것이다. 실제로 눈으로 봐도 특출난 유저는 보이지 않았다.

"오빠, 다시 확인해 볼까?"

"아니, 일단 정리부터 하자."

왔으니 싸우는 게 맞았다. 무혁도 전투에 돌입했다.

"무혁이다!"

"마족 새끼들, 죽여 버려!"

"우와아아아아아!"

전투에 뛰어든 무혁과 일행들. 백호세가원이 든든하게 옆을 지켜주는 상황이었기에 여유가 있었다. 지금까지 레벨도 많이 올렸고 아이템 강화의 수치도 높아졌다.

"스켈레톤 소환."

소환수들의 전력 역시 상승했다.

쾅, 콰아아앙!

소환수 흡수 스킬을 사용하지 않고서도 어느 정도는 대응이 가능해졌다. 물론 압도하는 건 아직 힘들었기에 결국 스킬을 쓰고야 말았지만. 소환수의 힘이 모여든 이상, 최상급 마족도 이젠 상대가 되지 않았다.

"크헉……!"

최상급 마족을 처리하고 뒤로 물러났다.

나머지는 유저의 몫이었다.

"경험치 밭이다!"

"우오오오!"

저들 역시 성장해야 앞으로가 더 편해지기 때문이었다.

"후, 쿨타임 돌아와야 하니까 좀 쉬자."

"오케이."

타앙!

쉼 없는 전투가 이어졌다.

[제목 : 여기는 처리 완료!]
[제목 : 부크 왕국도 정리!]
[제목 : 위브라 제국, 깔끔하게……]

꽤 많은 마족 무리가 정리되었다.
살아남은 49개의 무리.

[제목 : 오, 속도 꽤 빠른데요?]
[내용 : 아직도 차원의 틈이 안 열리고 있기도 하고요. 제발, 제발……!
조금만 더 잡고 열리던가, 열리지 마라!]

└저도 빌어요!
└기도합니다!
└제발, 깔끔하게 다 처리하자. 좀!

그러나 희망은 금세 지워졌다.
무려 50개. 50번째 차원의 틈이 열렸다. 가장 밝은 빛을 뿜
어대는 곳에서 등장한 한 무리.
"후읍, 후아."
선두에 있던 자가 숨을 크게 들이켰다.
"공기가 좋군."

"흐흐, 마계에 비하겠습니까."

"그건 당연한 거고."

최상급 마족, 메델. 이번 전투의 총사령관이었다.

스윽.

그는 품에서 구슬 하나를 꺼내어 조신스럽게 살폈다.

"구슬도 무사하군."

"어차피 사용할 일도 없을 겁니다."

"그래야지."

메델의 눈동자가 스산해졌다. 옆에 있던 상급 마족이 움찔거리며 뒤로 물러났다.

"헤헤, 가실까요?"

"그래. 일단은 적당히 몸부터 풀자고."

"근처에 제국이 있습니다."

"괜찮군."

"흐흐, 몸을 풀기엔 아주 적당할 겁니다."

자신만만하게 제국으로 향했다. 그러나, 쉽지 않았다.

"흐음."

메델은 달려드는 인간을 바라보며 마기를 끌어올렸다.

"귀찮군, 정말……!"

그대로 폭사시켜 가볍게 처리했다. 그러나 숫자가 많았다. 계속해서 몰려드는 탓에 피로가 조금씩 누적되었다.

"후, 인간 녀석들. 정말……!"

괜히 품에 있는 구슬을 만지작거렸다.

아니, 안 되지. 정말 실패하는 순간을 대비한 것이었다.

함부로 썼다가는……! 메델은 마왕에게 고통스레 죽어가는 상상을 해버렸다.

꿀꺽.

그렇게 되고 싶진 않았다.

그때 인간 무리가 상당수 등장했다. 시간이 지날수록 많아졌다. 제국 내부에는 들어가지도 못했다. 병사들 역시, 목숨을 걸었기에 자존심상 물러날 수도 없었다.

"허어."

겨우 인간에게 제대로 힘을 써야 한다는 사실이 어이가 없었다.

"그래, 공포가 뭔지 보여주마."

그의 전신으로 붉은 기운이 넘실거렸다. 하늘로 솟구친 기운이 사방으로 퍼지더니 인간들의 가슴을 뚫고 지나갔다.

갑옷, 살점, **뼈**.

그 어떤 것도 장애가 되지 못했다. 모든 걸 무시한 채 꿰뚫었다.

"사라져라."

수백의 인간이 터져 버렸다. 그러나 반대급부로, 메델 역시 꽤나 지쳐 버렸다. 물론 티를 내지는 않았다. 아무렇지도 않은 척, 인간들을 오만하게 내려다봤다.

"미친……!"

"녹았잖아? ×바, 저걸 어떻게 상대하라고!"

"도망가야 하나……?"

그들의 욕지거가 들려왔다. 주춤거리는 모습도.

그 순간 등장한 또 다른 무리.

"백랑이다!"

"오오……!"

백랑이 모습을 드러냈다. 분위기가 달라졌다. 겨우 인간 몇 명 추가되었다고……!

그 모습 자체가 짜증이 났다.

"흐아아아압!"

다시 한번 마기를 폭발시켰다.

뻗어 나가는 붉은 기운. 새롭게 등장한 백랑과 그의 동료를 집중적으로 노렸다.

"흐음."

잠깐 멈춰 바라보던 백랑이 발을 굴렀다.

쿠웅.

깊게 파인 한 걸음과 함께 주먹이 뻗어졌다.

보이지 않는 힘. 강대한 에너지가 날아드는 붉은 기운과 허공에서 얽혔다.

용과 뱀의 사투. 결코 과장되지 않은 싸움이 벌어졌다. 다만, 그 순간은 길지 않았다. 팽팽하다 여겨지던 순간 메델이 손을 휘저었고. 동시에 붉은 기운이 한층 더 강력해진 탓이었다. 순식간에 잡아먹힌 백랑의 기운이 사라졌다. 하지만 덕분에 붉은 기운의 파괴력 역시 상당히 줄어들었다.

"실드!"

그 위로 마법사 유저들의 실드가 겹겹이 펼쳐졌다.

쿠우우우웅!

그 잠깐의 틈을 이용하여.

스윽.

백랑이 다시 스킬을 사용했다. 실드를 깨부수고 날아드는 붉은 기운을 재차 공격한 것이다. 강맹한 기운에 백랑의 몸이 뒤로 밀려났다. 그에 미간을 찌푸리며 뒷발을 지면 깊이 박아 버렸다. 상체의 균형을 앞으로 한 채로 다시 주먹을 내질렀다.

"흐아아아압!"

붉은 기운이 백랑을 휘감았다.

이내 드러난 광경 꽤 상처를 입었으나 그는 버텨냈다.

"고맙군."

"뭐, 제가 할 일이죠."

무수한 신관 덕분이었다.

"간다."

그러곤 아무 일도 없었다는 듯, 최상급 마족에게로 나아갔다. 그에 메델이 이를 갈았다. 그걸, 막았다고? 겨우 인간 따위가 어떻게.

"크, 크큭."

다른 최상급 마족이 당했다는 건 알지만 그들 모두가 멍청했기 때문이라 여겼다. 본인 스스로는 절대 그럴 일이 없다고 확신했다. 그런데 첫 전투에서부터 꽤나 고전을 치르게 되었다. 막상 상황이 이렇게 흘러가니 목이 근질거렸다.

당할지도 모른다는 위기. 그걸 다가오는 인간에게서 느낀 것이다.

자존심에 상처를 입었다. 고민하던 그는 결단을 내렸다. 마기를 끌어 올리며 그 역시 다가갔다.

"인간, 너는 죽여야겠다."

위험요소가 될 법한 한 놈을 처리하고 일단은 물러나기로 했다. 다른 그룹과 합류해야겠어. 잡념을 지우고 눈앞의 인간에게 집중했다.

파파밧.

속도를 높이는 둘. 백랑과 메델이 서로에게 부딪혔다. 둘의 싸움에 모두가 전투를 멈췄다. 그 정도로 치열했다. 그러나 아직 최상급 마족을 홀로 감당할 수준은 아니었다.

"크읍……!"

그에 다른 유저들이 급히 도왔으나 다른 이들은 솔직히 최상급 마족의 움직임에 대한 반응이 한 박자씩 늦었다. 메델은 모두를 무시한 채 백랑만 노렸다. 그러나 보조적으로 도움을 주는 것까지 막을 순 없었다.

"케베타론!"

"예!"

"뒤에 놈들을 막아라!"

"알겠습니다!"

상급 마족 둘이 백랑의 뒤로 돌아갔다. 더 이상 지원조차 받지 못하는 상태. 둘의 대결이 한층 더 격해졌다.

"으음……!"

백랑의 기세가 조금씩 사그라졌다.

"크큭, 그만 죽어라!"

강한 기운에 뒤로 주르륵, 밀려나는 백랑. 그에게 붉은 기운 수십 줄기가 꽂혔다.

콰아아앙!

이것으로 끝났다고 여긴 메델.

"모두 돌아갈 준비를……!"

그러나 아직 백랑은 죽지 않았다.

"후아……."

HP가 간당한 수준이긴 했지만 스킬을 사용하는 것에는 아무런 문제도 없었다. 백랑의 몸에서 폭사된 기운이 공간을 우그러뜨렸다. 그러나 그보다 먼저, 메델이 그에게로 접근했다. 지척에 도달한 메델의 날카로운 손톱이 휘둘러졌다. 동시에 메델의 눈이 조금 커졌다.

카가가강!

날카로운 금속성이 울렸다. 메델의 미간이 일그러졌다.

"넌 또 뭐냐?"

"굳이 알 필요가 있나."

어느새 나타나 백랑의 앞을 가로막은 인간.

"어차피 죽을 텐데."

전력으로 질주해 온 무혁이었다.

저 멀리서부터 들린 폭음. 그에 전투가 벌어졌다 여긴 무혁이 먼저 온 것이었다. 마침 백랑이 공격을 당하기 직전이었기에 그대로 돌격해서 막아냈다.

풍폭, 백호검법……!

길게 시간을 끌 필요가 없었다. 바로 공격을 퍼부었다.

캉, 카가가가강!

메넬이 황급히 막아서며 뒤로 물러났다.

"크윽……!"

무혁의 공격은 강력했다. 피해가 쌓여갔다. 안 그래도 힘을 꽤나 소진한 상태였기에 더욱 버거웠다. 소환수 흡수까지 쓴 무혁이었기에 그를 이긴다는 건 요원한 일이었다.

"으아아아아악!"

메넬이 발악을 했지만, 무혁은 차분하게 놈을 제압했다.

"카베타론!"

대답은 들려오지 않았다. 정신을 차리고 보니 어느새 부하 전부가 죽은 뒤였다.

"크윽……!"

홀로 남은 채, 이를 아드득 깨물었다.

"인간 따위에게! 이 내가!"

그러나 분명한 현실이었다.

"그래, 이렇게 된 이상 전부 죽어줘야겠다!"

"무슨 헛소리야?"

마무리를 짓기 위해 다가가는 순간 메넬이 구슬을 꺼냈다. 한눈에 봐도 심상치 않은 힘이 깃들어 있었다.

"크크크, 전부 죽어라! 고통에 절규하면서!"

우드득, 소리와 함께 구슬이 깨어졌다. 거기서 시작된 검은 기운 대륙 하늘을 빼곡히 채웠다. 이내 뭉게구름이 되더니 폭우가 되어 비처럼 쏟아졌다.

툭, 툭, 후두둑.

그 비를 맞으며 메델은 흑색 연기가 되어 사라졌다.

"뭐야, 이건……?"

[마기의 저주가 생명을 억압합니다. 모든 신체 능력이 하락합니다. 차츰 앓기 시작합니다.]

[시스템이 거부합니다. 모든 능력이 본래대로 돌아옵니다. 건강이 회복됩니다.]

떠오르는 홀로그램의 내용에 모두 멍한 표정을 지었다.

"어…… 설마?"

누군가의 의문. 자연스레 그를 쳐다보게 되었다. 시선을 느끼지 못함인가. 그의 중얼거리는 소리가 이어서 들려왔다.

"이거 NPC들, 다 죽는 거 아니야?"

모두 분명하게 들었다. 그리고 이해했다. 유저이기에 시스템이 거부했지만, NPC는 아닐 확률이 높다는 것을. 차츰 앓다가 죽어 나갈 수도 있음을 말이다.

[하위 에피소드 '마족의 침입'이 완료되었습니다.]

[마족 처치 공헌도(37,911)를 획득합니다.]

[하위 에피소드 '저주의 해제'가 강제 발동됩니다.]
[인과율로 인해 마왕의 힘이 약해집니다. 인과율로 인해 마계로 향하는 차원의 틈이 개방됩니다.]

그러나 절망만 있는 건 아니었다.
저주의 해제! 그 이름만으로도 기운이 솟았다.

[저주의 해제]
[일루전 NPC 모두가 저주에 걸렸다. 시간이 지날수록 생명력이 소진되면서 차츰 앓게 되고 결국 목숨을 잃게 되는 저주다. 저주를 풀기 위해서는 해당 저주를 만든 마왕을 쓰러트려야만 한다.]
[성공할 경우 : ?]

머리가 어지러웠다.
"하아."
기대가 조금 꺾인 기분이었다. 한숨은 덤이었고.
마왕을 쓰러뜨리라고?
최상급 마족도 이렇게 힘겨웠는데 대공도 아니고, 무려 마왕이었다. 물론 인과율로 인해 약해졌다고는 하지만 그래도 마왕이라는 단어가 가지는 무게 자체가 참으로 무거웠다.
"야야!"
뒤늦게 백호세가원, 그리고 성민우, 예린, 김지연이 도착했다.
"어우, 미친. 어떻게 된 거야?"

그들에게 상황을 설명하는 무혁.

"허어, 구슬이라고? 미쳤네, 저주라니. 이건 무조건 마계로 가라는 거구만."

"그렇지."

"흐음, 막장은 아니겠지. 적당히 시간이 있을 테니까 너무 크게 걱정은 말자고."

성민우의 말은 일리가 있었다. 그래, 충분히 시간은 있을 거야. 그때 예린이 눈을 빛냈다.

"오빠. 메인 퀘스트도 내용이 추가됐어."

"아, 그래?"

마족들이 계획하고 있는 일을 막아내어라. 차원의 틈으로 진입하라.

한 문장이 추가되었다.

"뭐, 어차피 그럴 생각이었지만."

"응. 최대한 서둘러야 할 것 같아."

"그러자."

인연을 쌓은 그 많은 사람을 지켜내기 위해서라도.

문득 백호운이 눈에 들어왔다.

그에게 물어보는 것도 좋으리라.

"가주님. 마족이 저주를 내렸습니다. 들어서 아시겠지만."

"네."

"어떤 상태인지 알 수 있을까요."

"음, 당장은 크게 무리가 되지는 않는 수준입니다. 얼마나 빨리 심각해질지는 모르겠지만 저 같은 경우에는 내공으로 억누를 수 있는 정도입니다."

"아……."

무혁의 시선이 돌아갔다.

백호세가원. 장로, 호법이 아닌 일반 세가원이 말을 했다.

"저도 아직은 크게 무리가 없는 수준입니다."

"음, 그렇군요."

다행이었다.

"그리고, 아마도……."

"네. 말하세요."

"더 약할수록 더 빨리 위험해질 것 같습니다."

"그렇군요."

노인, 아이들이 가장 위험해지리라. 질병을 앓고 있는 이들도.

"이야기 감사합니다."

"당연한 일인걸요."

물론 이것만으로는 부족했다. 칼럼 소도시에서 주민들을 상대로 제대로 파악을 한 뒤에 떠날 생각이었다.

"일단 돌아가자."

"오케이."

빠르게 영지로 회군했다. 칼럼 소도시에 도착하자마자 라카크를 비롯하여 주민들을 불러모았다.

"일단 마족의 침입은 끝이 난 것 같습니다."

"지, 진짜입니까? 영주님?"

"네, 진짜예요."

그 말에 주민들이 환호를 내질렀다.

목숨의 위협을 받던 나날. 언제 마족이 쳐들어올지 몰라 불안에 떨던 시간이었다.

물론 비교적 안전했다지만 그래도 항상 긴장을 안고 살아가야 했던 것만은 사실이었다.

"감사합니다, 감사합니다, 영주님!"

"정말 감사합니다!"

무혁은 고개를 끄덕였으나 표정은 좋지 않았다.

"하지만, 좋지 않은 일이 발생했습니다."

"네? 어떤……?"

라카크를 비롯한 모두가 무혁에게 집중했다.

"저주가 내려졌습니다."

순간 이해하지 못하는 표정들이었다.

"마족의 저주입니다."

"아……!"

"네. 약 30분 전부터 신체적으로 어떤 변화가 느껴졌을 겁니다."

그에 주민 모두가 고개를 끄덕였다.

"한 분씩, 상태를 얘기해 주세요."

무혁의 시선이 첫 번째 줄, 끝에 있는 사내에게 닿았다.

"저는……."

"괜찮아요. 얘기해 주세요."

"아, 네. 음. 일단 몸이 좀 무거워졌습니다."

"몸이 무거워졌다. 어느 정도죠?"

"그냥 잠이 조금 부족할 때 정도입니다."

"으음. 그렇군요."

무혁의 시선이 옮겨진다.

사내의 옆. 위치하고 있던 중년의 여성이 입술을 떼었다.

"저도 비슷한……."

대부분이 크게 다르지 않았다.

조금 피곤할 때의 몸이 약간 무거운 수준. 딱 그 정도였다.

"모두 크게 걱정하지 마십시오. 저주는 저희 이방인들이 힘을 합쳐 꼭 해결할 테니까요."

"감사합니다, 영주님……!"

"꼭, 꼭 좀 부탁드립니다……!"

"네, 알겠습니다."

주민을 모두 보냈다. 남은 이들을 눈에 담았다.

라카크, 도란. 백호세가원. 그리고 성민우, 예린, 김지연.

"총관님."

"예, 영주님."

"힘들겠지만 부탁합니다. 힘들면 보조로 몇 명 정도는 두고 움직여 주세요."

"알겠습니다, 영주님."

"도란, 상태는?"

"아무 문제 없습니다!"

고개를 끄덕이며 백호세가를 눈에 담았다.

"저희도 괜찮습니다."

"어디든 따라갈 겁니다."

"음, 그렇게 하죠."

대륙에서의 위험은 거의 사라졌다고 봐도 될 테니까. 시스템이 그렇게 말해주고 있었기에 의심할 여지가 없었다.

"우리는 마계로 갈 겁니다."

"마계……!"

"네, 그간의 전투로 피곤할 테니 오늘 하루만 쉬죠. 내일 아침에 바로 출발하겠습니다."

"알겠습니다!"

그들을 보내고 함께 정비했다. 특히 음식 재료를 많이 샀다.

"대충 이 정도면 된 것 같네."

"후, 힘드네, 피곤하고."

"오늘은 여기까지만 하고 내일 보자. 나도 피곤해서 더는 안 되겠다."

"오케이."

"오빠, 잘 자!"

"그래, 그동안 고생했어. 정말."

"헤헤, 뭘."

예린에게 다가가 작별 키스를 했다.

"내일 보자."

로그아웃한 뒤 캡슐에서 나왔다.

"후아."

너무 피곤해서 기절할 것만 같았다. 무거운 걸음을 옮겨 침대로 향했다. 털썩, 하고 매트 위로 쓰러짐과 동시에 정신을 놓았다.

눈이 번쩍하고 떠졌다.

"으음……?"

오랜만에 정신이 말끔했다. 피로함이 1도 없는 상태. 그야말로 최고의 컨디션이었다. 가볍게 몸을 씻고 밖으로 나가 시간을 확인한 무혁이 순간 굳었다.

벌써 9시야?

어제 일루전에서 나왔을 때의 시간이 대충 6시였다. 저녁도 먹지 않고 잠들어서 무려 14시간 이상을 꼬박 잠든 모양이었다.

그래서 이렇게 좋았구나. 아무튼, 좋은 일이었다.

진짜 푹 잤네.

거실로 나가니 어머니가 기다리고 있었다.

"이제 일어났어?"

"응, 엄마는?"

"나야 한참 전에 일어나서 밥 다 먹었지. 차려줄 테니까 어서 먹어."

어머니가 급히 부엌으로 향했다.

"그래야 나도 일루전을 하지. 요즘 마족들 때문에 제대로 여행도 못 했단 말이야."

"아……."

"이제 끝난 거 맞지?"

"응. 아마도."

"다행이네."

어머니가 해맑게 웃었다.

피식.

무혁도 미소를 지으며 소파에 앉았다.

흠, 홈페이지나 살펴볼까.

오늘도 역시나 게시물이 무서운 속도로 올라왔다.

새로고침을 하면 이미 봤던 글은 한참이나 뒤로 밀려나서 다시 찾기 어려울 정도였다. 그래도 굳이 찾을 필요는 없었다. 비슷한 종류의 글이 계속해서 올라왔으니까.

[제목 : 아니, 침입이 끝난 건 좋은데……!]

[내용 : 미친. 저주가 웬 말? 나 NPC 여친 있는데 어쩔 건데! X발, 그지 같네, 진짜! 고수님들, 제발 저주 좀 풀어주세요ㅠㅠ]

└**개부럽다.**

└**자랑질?**

└**자랑 아니거든요! 여친이 죽게 생겼다고요! X바아아알!**

└**아, 그렇구나. 여친 있다는 말에 이성을 잃음 wt.**

└하, 겁나 슬프네.

└여친 있는 것만으로도 승자!

└유, 윈.

└야이, 개……!

고개를 저으며 목록을 눌렀다.

[제목 : 마계로 넘어왔는데, 삭막하네요.]

[내용 : 뭐, 마물만 득실거립니다. 숫자가 생각보다 많아서 제대로 쉴 수가 없어요. 게다가 마을이 보인다 싶으면 전부 마족이 머무르고 있어서, 거기도 못 들어갑니다. 갔다가 상급 마족이라도 만나면, 어우……! 물론 좋은 점도 많습니다. 마계로 넘어오게 되면 일단……!]

└와우, 저도 당장 가고 싶네요!

└이거였구만.

└맞네, 마계 포인트, 크으!

└최상위 랭커들 엄청나게 성장하겠다.

└랭커 아니라도 성장 가능함, 충분히.

└그래요?

└ㅇㅇ, 마물이 생각보다 약함.

└리얼임. 100레벨만 넘어도 마계에서 사냥하면 폭풍 성장 가능합니다

└와, 대박!

└지금 바로 넘어갑니다!

└고고!

└이참에 파티 구해봅니다

└구인글로 가세요!

└넵, 지성…….

아주 흥미로운 글이었다.

호오, 마계였구나.

거기서 오픈되는 새로운 콘텐츠가 무혁의 눈길을 끌었다.

이 정도면……!

마왕을 잡아야만 하는 지극히 낮은 확률이 상승했다.

그것도 꽤 높은 수치로.

그래도 최대한 서두른다. 시간이 아까웠다. 지금 이 순간조차도.

"밥 먹어."

"응."

빠르게 아침을 먹은 후 게임에 접속했다. 아직 보이지 않는 동료들. 일단 애매한 강화 수치를 지닌 아이템을 강화하면서 시간을 보냈다.

캉, 카앙!

8강이 9강에 올랐다. 아머메이지의 지팡이였다.

하나 더. 두 개를 9강에 만드는 것에 성공했다. 운이 좋은 날이었다. 마침 동료들도 접속을 했다.

"작업 중이냐?"

"어? 아, 왔냐. 백호세가만 불러서 바로 출발하자."

"오케이. 참, 홈페이지 보니까 재밌는 글 있더라."

"뭐, 콘텐츠?"

"아, 봤냐?"

"딩연하지."

예린과 김지연이 고개를 갸웃거렸다.

"콘텐츠? 무슨 소리야?"

"아, 마계로 가면 새로운 콘텐츠가 열린다고 하더라고요."

"우와, 진짜?"

"어. 그 정도면 마왕 잡는 시간도 꽤 단축될 것 같더라."

"다행이다……!"

"그러니까 서두르자고."

무혁도 자리에서 일어났다. 곧바로 백호세가의 가주, 백호운을 찾아갔다.

"인원은 어떻게 하면 좋겠습니까."

그의 질문에 무혁이 대답했다.

이미 생각해 둔 바가 있기에.

"마을을 지켜야 하는 최소한의 인원을 남겨둔 채 나머지 모두를 데리고 가죠."

"음, 괜찮을까요?"

"큰 문제는 없을 겁니다. 병사와 아카데미 학생들도 충분히 강하니까요."

백호운도 인정하는 바였다.

"확실히 그렇죠. 그러면 바로 준비하겠습니다."

"그렇게 해주세요."

준비는 생각보다 빨랐다.

"모두 모였습니다."

한곳에 뭉친 그들의 숫자가 상당했다. 하나같이 정예. 백호 세가원은 그렇게 불릴 자격이 있었다. 더불어 도란까지.

"출발합니다."

"예!"

미리 파악해 둔 차원의 틈으로 향했다.

⬤

드디어 상급 마족이 올랐다.

"크으……!"

차오르는 힘에 전율을 느꼈다.

"크흠. 축하한다."

"흐흐, 이 정도야 당연하지."

이미 보쿠마는 얼마 전에 상급에 올랐다. 즉, 코르크가 조금 뒤처졌다고 볼 수 있었다. 약간 자존심이 상하긴 했지만, 서로를 인정하는 사이였기에 문제 될 건 없었다.

"아무튼, 우리 둘 다 상급이구만."

"그렇지."

"그럼, 이제 시작해야지."

코르크의 말에 보쿠마가 고개를 끄덕였다. 이젠, 더 나아가야 할 때였다. 내곽 2구역을 점령할 차례인 것이다.

"오발루트. 상급이 다섯. 중급이 서른이랬지?"

"그렇습니다."

"너, 나, 보쿠마. 이렇게 셋이 상급이니 셋을 맡고. 우리 뼈다귀 친구들이 중, 하급 녀석들을 맡으면 되려나? 나머지 상급 둘은 우리 휘하 중급 스무 명이랑 하급 서른이 맡고?"

"음, 제가 그나마 약한 녀석 둘을 맡을 수 있습니다."

"오, 그래?"

"네. 남은 한 놈은 스켈레톤 무리가 맡는 게 좋을 것 같습니다. 일정 부분 숫자를 나눠서 중, 하급 마족도 상대하게 만들면 될 겁니다."

"오, 좋은데?"

코르크와 보쿠마도 동의했다. 확실히 그게 안전해 보였다. 어차피 스켈레톤이야 죽어도 다시 살아나기에, 위험성이 높은 상급을 맡는 게 옳았다.

"그럼 좀 더 세부적으로 작전을 짜보자고."

꽤 오랫동안 계획을 수립했다. 몇 시간이 흐르고. 만족스럽지 않아 다음 날, 다시 이야기를 이어갔다.

"차라리 놈들을 꾀어내어서⋯⋯."

"꾀어낼 방법은 있고?"

"그거야 생각을 해야지."

"생각해 봐. 들어보고 괜찮으면 그렇게 할 테니까."

"어우, 깐깐한 놈."

"계획이니까. 기왕이면 완벽은 안 되더라도 그에 가깝기는 해야지."

"알았어, 알았다고."

그렇게 이틀에 걸쳐 뼈대를 세웠다. 그 위에 살을 붙이고. 드디어 완벽에 가까워졌을 때, 마침 스켈레톤이 등장했다.

"시작하자고."

"흐흐, 완전 기대 되는구만!"

짙은 미소와 함께 계획을 실행했다. 계획을 세우는 건 오래 걸렸지만, 실상 결정된 건 간단했다. 순찰하는 놈들부터 처리한 뒤에 정면 돌파를 하는 것이었다.

"간단하지?"

아머나이트1이 검을 그었다.

끼, 끼긱.

그, 렇, 다.

"좋아, 좋아. 그럼 신호 줄 때까지 기다리라고."

대답을 확인한 직후 코르크와 보쿠마, 그리고 오발루트 세 명이 은밀하게 움직였다. 내곽 1구역의 끝. 얽히고설킨 각종 철망이 앞을 가로막았다. 그 뒤에 펼쳐진 공허한 들판. 저곳을 넘어야만 내곽 2구역에 도달하게 된다.

소리 없는 움직임이 이어졌다. 철망을 가볍게 뛰어넘고 한층 더 속도를 내어 공허한 들판을 달렸다.

얼마나 뛰어갔을까. 새로운 세상이 눈앞에 펼쳐졌다.

푸른 초원. 그 사이로 세워진 깔끔한 건물들.

스윽.

코르크가 손을 들자 함께 움직이던 오발루트와 보쿠마가 멈췄다. 오발루트는 좌측으로, 보쿠마와 코르크는 우측으로 이동했다.

정문은 피해야 한다. 지키는 마족 둘에게 발각될 테니까.

우측으로 한참 이동하면서 서서히 마을과의 거리를 좁혔다. 그즈음, 돌아다니는 경계조 한 팀을 발견할 수 있었다.

두 명. 게다가 뒤를 돌아 나아가는 형태라 경계조는 코르크와 보쿠마를 볼 수 없는 위치였다. 저들이 기척을 느끼기 전에 접근해서 처리해야만 했다. 충분히 가까워졌을 무렵이었다.

"음?"

인기척을 느꼈음인가. 한 명이 뒤를 돌아봤다.

서걱.

그 순간 코르크의 손톱이 놈의 목을 긋고 지나갔다.

"억……!"

"왜, 뭐라도 있……."

좌측 경계조원이 따라 몸을 돌리는 순간, 보쿠마의 공격이 그를 즉사시켰다.

"처리 완료."

"흐흐, 깔끔하구만."

경계조는 하나가 아니었다. 아직 몇 개의 조가 더 남았기에 다시 움직였다.

다시 한번 만난 경계조. 저 멀리 다가오고 있는 모습에 급히 몸을 숨겼다. 그들이 천천히 다가왔다.

지척에 왔을 때.

스슥.

빠르게 움직여 둘을 처리했다.

"세 개조 남았나?"

"오발루트가 한 개조는 처리할 테니, 두 개조 남은 거지."

"가자고."

그러나 경계조는 보이지 않았다. 오발루트가 다가올 뿐.

"엥? 뭐야."

"전부 처리했습니다."

"혼자?"

"예."

"크, 대단하네. 역시 오발루트야."

상급 중에서도 그 끝에 도달한 자. 오발루트. 그는 역시나 얕볼 수가 없었다.

맹세가 아니었다면 매일 매 순간 뒷골이 서늘했으리라.

"그럼 이제 정면 돌파인가?"

"예."

"좋아. 지금 정도면 하베라가 데리고 오고 있겠네. 기다리자고."

머지않아 하베라가 등장했다. 물론, 그 뒤를 따르는 다수의 중, 하급 마족과 스켈레톤도 보였다. 어마어마한 대군이었다.

"듬직하네."

"흐흐."

그들이 보이는 순간 셋은 마을의 정문으로 이동했다. 달리지 않고, 느긋하게. 오만한 걸음으로 나아갔다. 그에 문을 지키는 두 명의 중급 마족이 고개를 갸웃거리면서 손을 뻗어 길을 가로막았다.

"멈춰라."

셋은 멈추지 않았다.

"멈추라고 했다."

"아, 그래. 멈췄다. 뭐."

"뭐냐, 너희들은? 내곽 1구역 녀석들인가?"

"맞아. 1구역 수장이다."

그에 경비조장이 잠깐 멈칫거렸다.

1구역의 수장. 절대 얕볼 수 없는 위치였다. 그러나 코르크는 아무리 봐도 아직 나이가 어려 보였다. 자연스레 무시하는 마음이 생겨났다. 기세도 지금 당장은 그리 대단해 보이지 않았다. 한 명, 오발루트는 달랐지만.

"그래서, 여기는 무슨 일이지?"

그 질문에 코르크가 미간을 찌푸렸다.

"어이, 내 말 못 들었어?"

"뭐를?"

"내곽 1구역 수장이라고 했는데?"

"그래서?"

"하, 지금 그 태도는 뭐냐? 죽고 싶냐?"

코르크가 기세를 끌어올렸다. 상급에 오른 이후 처음으로 전력으로 뿜어내는 마기였다.

"크흡……!"

중급에 불과한 경비조장은 당연히 견디기 버거운 수준이었다. 그에 경비조장이 힘겹게 입을 열었다.

"죄송…… 합니다."

거짓말처럼 마기가 사라졌다.

"어쩐 일로 오신 겁니까."

"내곽 2구역 수장을 만나러 왔다."

"으음. 일단 말은 전하죠."

"기다리지."

경비대장이 안으로 들어갔다.

기척이 사라졌을 즈음. 은밀히 움직인 오발루트가 경비조원 한 명을 처리했다.

"시작하시죠."

"쉽구만."

코르크가 등을 돌려 마기를 하늘로 내뿜었다. 그걸 확인한 하베라가 속도를 높였다. 뒤를 따르는 대군 역시 무섭게 내달렸다. 그 속도 그대로, 정문을 통과하여 마을을 뒤덮어버렸다. 갑작스럽게 닥친 해일이었다.

마족들의 마기. 스켈레톤 메이지의 마법. 기마궁수의 **뼈** 화살. 엄청난 공격이 순식간에 공간을 지옥으로 만들었다.

"뭐, 뭐야!"

뒤늦게 울린 침입자용 경고음.

삐이이이익!

그러나 이미 해일이 꽤나 많은 숫자의 중, 하급 마족을 삼켰다.

"이, 미친! 막아!"

뒤늦게 등장한 내곽 2구역의 수장, 험머스트. 그가 지휘를 맡았으나 순식간에 밀려든 아머기마병에 고립되었다.

뒤이어 접근하는 아머나이트. 겹겹이 포위를 당한 채 일방적인 공격을 당했다.

"이것들이!"

아머나이트가 공격을 당했으나 스켈레톤 신관이 상처를 치유했다. 두 번이면 바스러질 아머나이트의 생명줄을 부여잡아 세 번을 버텨내게 만든 것이다. 그 한 번의 차이는 생각보다 더 묵직했다.

쾅, 콰과광!

험머스트의 연이은 공격. 그러나 사라졌어야 할 아머나이트의 숫자가 예상치의 절반, 아니, 그것의 반도 되지 않아 상당한 충격을 먹었다.

"마물 따위가, 어찌……!"

분노한 험머스트가 마기를 내뿜었다.

"으아아아압!"

그러나 스켈레톤이 보통이던가.

-기파!

부르탄의 기파와 각종 스킬이 쏟아지며 무려 상급 마족인 함머스트를 괴롭혔다.

-아이스 스피어! 피어! 멀티샷!

하지만 그 대부분을 단지 마기만으로 날려 보낸 함머스트였다. 그 탓에 마기의 기운이 조금 줄었으나 크게 문제 되지 않는다고 여기며 앞으로 날려 보냈다.

-충격 반환!

아머나이트의 신체를 뒤덮은 투명한 에너지가 차올랐다.

[피해량의 20%가 저장됩니다.]
[피해량의 20%가…….]

한계를 넘은 피해로 인해 HP가 줄어들었다.

-물러나라!

아머나이트1의 지휘 권한이 발동되었다.

일사불란한 움직임. HP가 줄어든 아머나이트는 뒤로 빠졌고 괜찮은 아머나이트가 앞을 채웠다. 덕분에 상당수의 아머나이트가 죽지 않고 버텨낼 수 있었다. 이젠 반격할 차례.

-방출!

이어지는 충격 반환의 힘.

쏟아지는 힘에 함머스트가 흠칫거렸다.

그를 덮치는 마기의 힘. 분명 본인이 사용한 그 에너지였다.

"이런, 미친 것들이!"

그 위로 스켈레톤의 스킬이 쏟아졌다.

-아이스 피스트! 윈드 스톰! 썬더……!

무혁과 함께 최상급 마족을 사냥한 경험이 있어서일까.

-강한 일격!

-파워샷!

-가속 찌르기!

상상 이상의 활약을 선보이는 스켈레톤 대군이었다.

제7장
내곽 2구역

오발루트 홀로 상급 마족 둘을 상대했다.

상급의 끝에 다다른 그. 이제 막 상급에 들어선 한 놈과 중간에 걸친 한 놈을 상대로 버티기만 하는 건 어렵지 않은 일이었다.

이렇게 시간만 끌면 돼.

오발루트의 시선이 스켈레톤에게 향했다.

생각보다 대단하군.

어쩌면 내곽 2구역의 수장을 잡아낼지도 몰랐다.

스윽.

다시 시선을 옮겼다.

코르크와 보쿠마. 둘 역시 상급 마족으로서 제 역할을 해줬다. 나머지 중, 하급도 마찬가지. 경계조에 속한 중급 마족을 꽤 처치한 덕분에 썩 유리한 상황이었다.

시간만 끌어도 이긴다, 이건. 영 상황이 안 좋다면 스켈레톤을 던지고 피하면 된다. 어차피 스켈레톤은 다시 나타날 테니까.

이렇게 반복만 해줘도 이길 수밖에 없는 싸움이었다. 그렇게 부담 없이, 가벼운 마음으로 두 녀석을 상대해줬다.

"1구역 수장이었던 놈이, 꼴사납구나!"

"퉷, 죽어라, 자존심을 버린 새끼!"

그런데 심기를 건드려왔다.

"중급 마족이었다지? 그런 녀석한테 넙죽 엎드리다니. 쯧!"

"여기서도 패하면, 삼두견처럼 기어야 할 거다!"

괜히 열이 뻗쳐왔다.

"하, 이 새끼들이⋯⋯!"

안전하게 방어만 하려던 오발루트가 공세를 취했다. 제대로 힘을 발휘해 상급 마족 둘을 밀어붙이기 시작했다.

퍽, 퍼버버벅.

두 놈이 미간을 찌푸리며 밀려났다.

"크흡!"

오발루트가 비릿하게 웃었다.

"더 지껄여 봐."

그러나 답은 들려오지 않았다. 저들은 오발루트의 공격을 막는 것만으로도 힘에 부쳤으니까.

"한심한 새끼들. 실력도 없으면서 입만 살았군."

"뭐, 뭐라⋯⋯!"

입을 여는 우측 마족에게 접근해 복부를 그었다.

서걱.

잠깐의 틈을 놓치지 않는 일격이었다.

"으음……!"

적지 않은 상처였다. 계속된 오발루트의 공격에, 상처로 인한 고통. 두 가지가 겹치면서 움직임이 삐걱거렸다. 그 순간마다 오발루트는 놈에게 작은 피해를 입혀나갔다. 물론 그 과정에서 오발루트 역시 적지 않은 피해를 입었다.

아무래도 둘을 상대해야 했기에 어쩔 수 없는 부분이었다. 그러나 분명한 것은, 오발루트보다는 눈앞에 있는 상급 마족, 벨의 상처가 더 깊다는 점이었다.

"별 볼 일 없군, 조금 있다 삼두견처럼 기게 될 것이다."

"뭐라……!"

또다시 들어간 공격.

"흡!"

뒤로 물러나는 상급 마족, 벨을 따라가면서 거리를 좁혔다.

"지금 내 발을 핥는다면 살려주는 주지, 어때?"

"이, 빌어먹을 자식이……!"

순간 뒤에서 다가오는 다른 한 명의 상급 마족. 도브룬의 기척을 느끼는 순간 몸을 숙였다. 그에 날카로운 손톱이 오발루트를 지나, 벨의 얼굴을 그어버렸다.

"크어어억! 이, 이런……!"

"크큭."

오발루트가 비웃으며 공격을 퍼부었다.

펵, 퍼버벅.

도브룬 역시 상처를 입고 물러났다. 다시 벨에게 접근했다.

"어때, 다시 기회를 주지."

"이익……!"

"대답만 하면 돼. 내 발을 핥는다면 살려주마."

더 이상 벨은 어떤 대꾸도 하지 못했다.

심히 갈등이 되리라.

죽음을 택할 것인지, 비굴하더라도 살아날 것인지.

"정말로, 살려줄……."

그 순간 오발루트가 벨의 머리통을 쥐었다.

"한심하군. 그냥 죽어라, 마족답게."

"자, 잠깐……!"

손에 힘을 줬다.

퍼억.

머리통이 수박처럼 터져 나갔다.

남은 한 명, 도브룬. 그를 처리하는 건 어렵지 않은 일이었다.

오발루트가 자유로워졌다. 이대로 전투에 난입한다면 승기는 확실하게 기운다.

"끝났군."

웃으며 중, 하급 마족부터 처리하기 시작했다.

"크아아아아악!"

"마, 막아!"

손쉬운 먹잇감들이었기에 죽이지는 않았다. 휘하에 들어올 수도 있으니 지금 당장은 움직일 수 없는 적당한 상처를 입혔다.

"더 반항하면 정말 죽는다."

전부 처리한 후. 휘하의 중, 하급 마족과 함께 코르크, 보쿠마를 도왔다.

"워, 뭐야? 벌써 정리한 거야?"

"예."

"역시 오발루트야."

"별말씀을."

"아, 이놈들도 살려둬."

"예."

코르크와 보쿠마를 상대하던 두 명의 상급 마족 역시 살려 뒀다. 둘 역시 이미 상황의 흐름을 파악했기에 굳이 목숨을 던지지 않았다.

"흐흐, 그럼 마무리 짓자고."

남은 건 수장, 험머스터뿐이었다. 그는 내곽 2구역의 수장이었다. 그런데 지금 상황은 도대체 뭐란 말인가.

한낱 스켈레톤에게. 겨우 마물 따위에게 상처를 입었다. 게다가 전황도 좋지 않았다. 부하라고 데리고 있던 녀석들 대부분이 항복해 버린 탓이었다.

"크윽……!"

다가오는 오발루트와 코르크, 보쿠마를 바라보며 그 역시 희망을 버렸다. 이길 수 없는 싸움이었기에. 그러나 항복하고 싶은 마음은 추호도 없었다. 비굴하게 살고 싶지 않았다. 차라리 싸우다 죽는 게 더 낫다고 생각하는 그였다.

"같이 죽자아아아아!"

그렇기에 생명력을 소진하여 힘을 폭발시켰다.

상급 마족의 발악. 결코 가볍게 볼 수 없는 그 힘을 막아선 손재. 본 드레이크였다.

-본 브레스. 본 스피어. 자이언트 대시.

스킬을 한 번에 사용해 햄머스터를 저지했다.

쿠우웅!

움찔거리는 그에게 뼈 화살이 날아들었다.

뒤이어 데스 스켈레톤이 달려들었다.

쾅, 콰과과광!

상당한 숫자의 데스 스켈레톤이 자폭으로 피해를 입혔다. 정신을 차릴 틈은 없었다. 아직 스켈레톤의 공격은 끝이 아니었으니까.

기파에 더불어 쏟아지는 마법. 그 모든 게 한 명을 노렸다. 버섯 모양의 구름이 피어올랐다.

뒤이어 흩어지는 바람. 그저 조금 더 다친 햄머스터가 있을 뿐이었다. 이미 전투로 인해 스켈레톤 다수가 사라진 터라 파괴력이 전처럼 압도적이지 않았던 것이다. 게다가 생명력을 소진하여 힘을 폭발시켰기에 자연스레 피어오르는 마기가 공격을 차단하기도 했고.

"모두, 죽어라."

형형한 눈빛으로 주변을 무너트렸다. 가장 가까이 위치한 스켈레톤부터 차근차근.

픽, 퍼석. 콰드득.

마지막으로 살아남은 본 드레이크까지. 험머스터의 압도적
인 실력. 파괴적인 힘을 단번에 표출한 탓일까.

"허억, 허억……"

남은 것은 떨어진 체력으로 인한 거친 호흡뿐이었다.

"에? 뭐야."

그런 놈을 처리하는 건 참으로 쉬운 일이었다. 특히, 지금처
럼 상급 마족이 셋이나 남은 상태에선 더더욱.

"벌써 지쳤잖아."

어느새 다가온 코르크의 말에 험머스터가 고개를 들었다.
눈빛은 여전히 살벌했다.

"크, 1구역 새끼가, 여기가 어디라고 온 거지?"

"오, 이 상황에서도 자존심을? 대단한데?"

"너는 반드시 죽인다."

"그래? 그래도 수장이었는데. 특별히 살려줄까 싶었거든. 싫
다는 거지."

"필요 없다. 넌 죽을 테니까."

"크, 살아 있네. 좋아, 잠깐 고민했었는데 필요가 없어졌네.
넌 안 되겠다."

그 말과 함께 보쿠마와 오발루트가 험머스터를 포위했다.

"그래도 수장이니까 고통은 없이 죽여줄게."

직후 공격이 시작되었다. 상급 셋의 협공. 이미 지친 험머스

트로서는 결코 막을 수 없는 공격이었다. 생명력을 소진하여 모든 힘을 폭발시켰다 하더라도 말이다.

쿠웅.

결국, 목이 베어지더니 허물어졌다.

"후, 끝났네. 거기 살아남은 녀석들?"

항복한 이들이 고개를 든다.

"맹세를 해라. 나와 보쿠마에게. 그러면 살려줄 거야. 기간은 길지 않으니 걱정하지 말고."

"하, 하겠습니다."

"저도 맹세하겠습니다."

"좋아, 할 녀석은 앞으로. 하기 싫은 놈은 그 자리에 그대로 있어. 죽여줄 테니까."

살아남은 마족 전부 앞으로 나왔다.

"흐흐."

그리고 맹세가 시작되었다. 내곽 2구역을 확실하게 점령하는 순간이었다.

마계로 향하는 차원의 틈. 그 앞에 도착했다.

이미 많은 유저들이 틈으로 들어서고 있었다.

"우리도 가야지?"

"어, 그래야지."

많은 유저가 있었기에 순서를 기다려야만 했다. 당연히 무혁을 알아보는 이들이 많았고 그들의 시선이 일순 집중되었다.

"무혁 님이시네."

"오오……!"

"역시 가시는구나."

"무혁 님, 이번 마족 침입 막아주신 거 고맙습니다!"

호의적인 반응에 어색하게 웃었다.

"아, 네. 고맙습니다."

"이번에도 잘 부탁드려요!"

"최선을 다해야죠."

"든든하네요!"

그때 누군가 측면에서 다가왔다. 고개를 돌리니 블랙 길드의 수장, 혁수가 보였다.

"여기서 또 뵙네요."

"아, 혁수 님. 반갑네요."

"저도요."

뒤에 있던 길드원 모두가 인사를 해왔다.

"요즘은 무구를 잘 안 만드시나 봐요."

"아아, 네. 시간이 영 없었네요."

"그렇죠. 아무래도 최근에는 유독 바빴으니……."

"마계로 가면 더 바빠지겠죠."

"하하, 그러게요. 쩝, 괜찮은 무기 좀 구하려고 했는데 아쉽네요."

"네, 시간 내기가 어려울 것 같아요."

지금은 무혁 본인의 스펙을 높이는 것만으로도 넘치도록 버거웠다.

음, 문양도 바꿔야 하는데…….

그러나 지금은 시간이 너무 부족했다. 그사이 순서가 되었다.

"들어간다."

"오케이."

모두 함께 마계로 향하는 차원의 틈으로 몸을 집어넣었다.

[마계로 이동합니다.]

시야가 어두워졌다. 이내 몸이 붕, 하고 뜨는 느낌과 함께 세상이 재조립되었다.

인지되는 세계. 끝이 보이지 않는 평야가 사방을 채우고 있었다.

"아, 여긴가……?"

"어우, 넓네."

"유저가 엄청나게 많다."

"마물도 많고."

그 순간 홀로그램이 떠올랐다.

['마계 포인트 상점'이 오픈됩니다. 마족 처치 공헌도를 사용하여 각종 아이템을 구매할 수 있습니다.]

[마족 처치 퀘스트(반복)가 부여됩니다.]

절로 미소가 그려졌다. 고개를 돌려 예린을 쳐다봤다.

"이거 엄청 기대했는데……!"

"보고 가자."

"응!"

"잠시만 쉬었다가 출발하겠습니다."

백호세가원 모두 고개를 끄덕였다. 그사이, 무혁을 비롯하여 성민우와 예린, 김지연은 마계 포인트 상점을 확인했다.

상점을 열자마자 익숙한 아이템이 보였다.

소켓 망치. 그리고 뚫은 소켓에 박는 보석이었다.

외에도 각종 물품이 많았다.

두개골도 있네?

요즘 들어 더 구하기 어려워진 두개골이 보였다.

"호오."

각종 상태 이상을 치유하는 물약. HP, MP 물약은 기본이었고 스탯 물약도 있었다.

뛰어난 아이템도 있었고, 쓸 만한 공용 스킬북과 직업별 스킬북까지 존재했다.

정말 만족스러웠다.

천천히 살펴보면서 아래로 내려왔다.

가장 아래쪽, 하단. 그곳에는 현재 공헌도가 있었다.

[마족 처치 공헌도 : 37,911]

마족 처치 퀘스트를 클리어할 때마다 공헌도를 얻는 방식이었다. 반복 퀘스트기 때문에 마족을 많이 잡을수록 좋았다.

그리하여 얻은 공헌도로 물품을 구매한다면 상상도 하지 못할 빠른 속도로 성장할 수 있으리라.

"다 봤지?"

"웅!"

"크, 죽인다. 이거 뭐냐, 미쳤는데?"

"좋긴 하더라."

모두 기대를 감추지 못했다.

마계에 온 이유. 저주받은 NPC를 구하기 위함인 건 분명했다. 그 탓에 틈을 넘기 전만 해도 분위기가 꽤나 어두웠다. 그런데 이런 시스템을 보고 나니 점차 강해질 스스로의 모습이 그려지면서 괜히 설레어왔다.

"자, 다시 출발합니다."

나쁘지 않은 시작이었다.

그때 누군가 다가왔다.

"어, 저기. 무혁 님?"

"아, 네?"

틈으로 들어오기 전에도 보았던 블랙 길드장의 혁수였다.

"이왕 움직일 거면, 같이 움직여도 될까요?"

"네, 그러시죠. 저희도 잘 모르니까요."

"감사합니다."

"뭐, 이런 걸로 인사까지 해요."

"그래도요."

그 말을 듣고 있던 몇 명의 유저들이 다가왔다.

"어, 저희 길드도 같이 움직일 수 있을까요?"

"저희도……."

그에 무혁이 소탈하게 웃었다.

"뭐, 많을수록 좋죠."

얼떨결에 대규모 인원이 꾸려지는 순간이었다.

이동하면서 마족 처치 공헌도를 사용하기 위해 상점을 다시 열었다.

키엑, 키이이이익!

나타나는 마물들이야 주변의 많은 유저들이 알아서 처리해 줬다. 신경 쓸 부분이 없었기에 군마에 탑승한 채 여유롭게 물품의 가격을 확인했다.

[두개골]

[필요 마족 포인트 : 1,500]

구매 비용 포인트가 생각보다 비싸지 않았다. 물론 무혁의 입장에서였다. 일반 유저에게는 1,500포인트도 상당히 큰 수치였다.

일단 10개. 1만 5천의 포인트가 소모되었다.

음, 다음은 물약이나 볼까.

회복 포션을 상세하게 확인했다.

[HP 회복 물약(소)]

[HP 회복 물약(중)]

[HP 회복 물약(대)]

쿨타임이 무려 60초. 게다가 중복이었다. 그렇다면 고민할 것도 없이 가장 큰 '대' 자를 사는 게 맞았다.

5개 구입. 600의 마족 포인트가 소모되었다.

MP 물약도 구매했다. 마찬가지로 5개에 600포인트.

[마족 처치 공헌도 : 21,711]

꽤 썼음에도 상당히 남았다.

음, 망치랑 소켓도 사야지.

이건 확실히 가격이 꽤나 부담되었다.

[소켓 망치(5회)]

[필요 마족 포인트 : 3,500]

망치는 종류가 하나뿐이었다. 무혁이 보상으로 받았던 게 30회였는데 상점에서 판매하는 건 겨우 5회. 그럼에도 3,500포인트였다.

"어후."

가격에 고개를 저었으나 필수 아이템이었다.

[소켓 망치(5회)를 구매하시겠습니까?]
[소모 마족 처치 공헌도 : 3,500점]

[공헌도를 소모합니다.]

뒤이어 보석을 확인했다. 하급은 200점. 중급은 600점. 상급이 1,200점. 최상급은 무려 2,000점이었다.

이것도 구매. 힘과 민첩, 체력을 올려주는 최상급 루비, 사파이어, 토파즈를 하나씩 구매했다. 순식간에 6,000점이 소모되었다. 남은 공헌도는 12,211점. 이건 만약을 대비하여 남겨 놓기로 했다.

다시 이동에 집중했다. 일정 구간을 지나 휴식을 취하기 전에는 어차피 아이템을 사용할 수 없었기에 괜스레 서두르게 되는 무혁이었다.

잠시 후. 상당한 거리를 이동했을 무렵.

"음, 좀 쉬었다가 갈까요?"

"그러죠. 포만감도 꽤 떨어졌으니."

음식을 먹기 위해 휴식을 취했다.

스켈레톤 소환. 무혁은 곧바로 스켈레톤을 불러내어 진화를 마친 이들을 사방으로 퍼트렸다. 계속해서 리젠되는 마물을 처리하기 위함이었다.

"자, 너희들은……."

남은 일반 스켈레톤 중에서 한 녀석을 선택했다.

검뼈1. 역시나 이 녀석이 우선이었다.

[검뼈1이 진화를 시작합니다.]

엄청난 속도로 진화율이 올라갔다. 첫 번째 진화가 끝나고 강화 스켈레톤이 되었다. 쉴 새 없이 변화했다. 뼈가 굵어지더니 아머 나이트의 형태가 되었다. 뒤이어 멈추지 않고 조금은 작지만 단단하기 그지없는 강인한 몸체로 바뀌었다.

강화 아머 나이트가 된 것이다.

[검뼈1이 강화 아머 나이트로의 진화를 마칩니다.]

감당하기 힘든 수준의 홀로그램이 떠올랐다.

"어어, 뭐……."

그걸 일일이 확인할 순 없었다.

그저 진화가 끝났구나. 이젠 제대로 된 전력이 되었음을 실감할 뿐.

그렇게 10마리. 기마궁수 둘, 아머메이지 둘, 아머나이트 셋, 아머기마병 셋을 진화시켰다.

"흐음."

여러 마리가 동시에 진화하는 걸 보니 괜히 욕심이 났다.

포인트를 더 쓸까.

고민은 그리 길지 않았다.

아니지.

지금은 소켓을 뚫어 보석을 박는 게 우선이었다. 그래야 소환수 전체에게도 영향이 가기 때문이었다.

그래, 소켓이 훨씬 낫지.

지금은 열 마리의 진화로 만족하기로 했다.

이제 소켓을 뚫어야지.

인벤토리에서 소켓 망치를 꺼내어 들었다.

[소켓 망치를 사용하여 횟수가 줄어듭니다.]
[소켓 생성에 실패하셨습니다.]

크게 개의치 않았다. 확률이 낮은 것은 전에 이미 경험을 해봤기에 충분히 인지하고 있었다.

다시. 이번에는 빛이 번쩍거렸다.

[소켓 망치를 사용하여 횟수가 줄어듭니다.]
[랜덤으로 소켓이 생성됩니다.]

소켓 생성에 성공했다.

생성된 소켓은 3개. 힘, 민첩, 체력을 올려주는 최상급 보석을 하나씩 박았다. 다시 망치를 사용했다.

실패, 실패.

마지막 사용해서 소켓이 다시 한번 3개가 뚫렸다.

좋고……!

바로 최상급 루비, 사파이어, 토파즈를 구매해서 박았다.

사용한 포인트는 6천. 이제 남은 포인트는 5,421점이었다.

나타나는 마물을 잡아도 적기는 하지만 포인트를 줬다. 덕분에 스켈레톤으로 마물을 처리하는 무혁이 대부분의 포인트를 독식하고 있었고.

꽤 벌었네.

망치 하나를 더 살 수 있었지만, 일단은 남겨놓기로 했다.

뚫려도 보석을 못 박으니까.

순간 집중력이 깨어졌다.

음?

시선이 따갑게 느껴져서 주변을 살펴봤다.

"아……."

함께 휴식을 취하던 무수한 유저들이 무혁을 바라보고 있었다. 소켓 망치도 그렇지만 스켈레톤이 단번에 진화하는 모습은 솔직히 장관이었으니까.

"대박, 이거 진화한 거죠?"

"아, 네."

"와. 실제로 보는 건 처음인데 소름이네요. 엄청 튼튼할 것 같은데요?"

"조금 튼튼하죠."

"부러워요……!"

"역시 무혁 님이네. 무혁 님, 마왕 꼭 없애주세요!"

"최선을 다할게요. 자, 일단 허기부터 달래죠."

"네!"

"30분 뒤에 출발하겠습니다. 그전까지 충분히 먹고 쉬면 됩니다."

더 소란이 일기 전에 상황을 정리했다.

그제야 움직이는 유저들. 각자의 자리로 돌아가 음식을 해 먹기 시작했다.

"후, 우리도 먹어야지."

"응, 배고프다."

예린이 다가와 눈을 빛냈다.

"뭐 먹고 싶은 거 있어?"

"응!"

"뭔데?"

"오랜만에 자이언트 치킨 먹고 싶어!"

"튀김으로?"

예린이 격하게 고개를 끄덕였다.

성민우와 김지연. 두 사람도 만족스러운 표정이었고.

"그래, 해줄게."

"오빠, 최고!"

무혁은 웃으며 요리를 시작했다.

자이언트 치킨.

"알지? 겉은 바삭하고, 속은 촉촉하게."

"안다, 알아."

성민우가 옆에서 조언해 온다.

"귀찮게 굴면 안 해준다."

"헙, 쏘리. 내가 멍청한 놈이었어."

"그래, 알면 기다려."

자이언트 치킨 특유의 쫄깃함. 탱탱하면서도 부드럽고 동시에 사르르 녹아내리는 그 식감은 몇 번을 먹어도 질리지 않을 환상의 맛이었다.

치이이익.

요리에 속도가 붙었다. 빠르게 완성이 되었고 함께 모여 맛을 즐겼다.

"크, 죽이네, 역시."

"맛있어……!"

이후, 잠깐 휴식을 취한 뒤 언급했던 시간에 정확하게 출발하려는 순간이었다. 마물을 막고 있던 중에 아머나이트1이 다가왔다.

음?

이런 적은 처음이라 의아함이 앞섰다.

검을 뽑아 들더니 바닥에 무언가를 적기 시작하는 아머나이트1.

"어? 뭐야, 이건……?"

"스켈레톤이 글을 쓴다고?"

"헐……."

주변에 있던 유저 모두가 놀랐다. 무혁도 마찬가지.

이게, 무슨 상황이지?

멍하니 바라보는 사이 글귀가 완성되었다.

주, 군.

고개를 들어 아머나이트1을 바라봤다.

"날 부른 거야?"

다시 검을 긋는 녀석.

그, 렇, 습, 니, 다.

"허어……."

문득 한 가지가 떠올랐다. 마계이동 때문인가?

"혹시 내가 보낸 마계가, 여기인 건가?"

맞, 습, 니, 다.

그제야 이해가 되었다.

"중간지역……!"

아머나이트1이 턱을 탁탁, 부딪쳤다. 긍정의 의미였다.

"거기로 가라는 거냐?"

그, 렇, 습, 니, 다.

"이유는?"

동, 료.

"동료가 있다고?"

다시 턱을 움직이는 모습에 무혁의 눈이 빛났다.

동료라……?

마계이니 마족일 것이다.

괜찮으려나.

조금 더 설명이 필요했다. 시간은 걸리겠지만 아머나이트1에게 여러 가지를 물어봤다.

"으음."

그리고 내린 결론.

"가자."

"역시 그게 맞겠지?"

"그래 보이네."

아머나이트가 위치한 곳은 중간지역, 즉 무법지대였다. 동서

남북. 네 곳을 지키는 마왕과 달리 중간지역에는 왕이 없었다.

"거길 점령하면······?"

"우리가 거길 지배하는 거지."

"그 이후, 다른 지역의 마왕을 처리하고?"

"그렇지."

덕분에 계획이 세워졌다. 충분히 실현 가능한.

그렇기에 희망이 보이는 그런 계획 말이다.

"길은?"

위, 로, 계, 속······.

"그래, 고맙다. 전부 출발하겠습니다!"

방향을 위로 틀었다. 속도를 높였다.

파바밧.

거치적거리는 마물들을 녹여 버리면서 말이다.

[마족 포인트(0.01)를 획득합니다.]

[마족 포인트(0.02)를 획득합니다.]

[마족 포인트······.]

쌓이는 포인트는 덤이었다.

위로 향할수록 마물은 강해졌다.

함께하던 유저들. 레벨이 낮았던 일부는 목숨을 잃었다.

"그냥 가야지."

그들을 기다릴 수는 없었다. 시간이 허비되기에.

지금은 1분 1초가 아까운 상황이었다.

다행히 백호세가는 멀쩡했다. 그들의 실력은 나날이 발전했고 덕분에 현재 평범한 백호세가원의 실력이 중상위 랭커급이었다. 호법과 장로는 최상위 랭커 수준이었고 문주는 그조차뛰어넘어 버렸다. 무혁이야 랭킹 1위로 압도적이었으니 예외로두고 말이다.

키에에에엑!

덕분에 막힘이 없었다.

3급, 마물. 2급, 1급 마물까지.

"우오오오오!"

"죽인다!"

"폭업이야, 폭업!"

반사이익을 보는 건 당연히 저레벨 유저였다.

그들은 레벨업. 그리고 마계 포인트를 얻었다.

쌓아 나가다 보면 그것으로 아이템을 구매대 더 강해질 수있으리라.

"마물 천국이다, 천국!"

정말 쉴 새 없이 나타났다.

끝없는 전투. 그럼에도 압도적인 강함을 바탕으로 길을 가로질렀다. 꿰뚫어 버리고 짓이겼다. 그 어떤 것도 무혁의 발걸음을 늦출 순 없었다.

몇 시간 뒤. 작은 마을 하나가 저 멀리 보였다.

스윽.

손을 들면서 속도를 늦췄다. 천천히 자리에 멈췄다.

"마을이 보이는군요. 아무래도 마족이 지내고 있을 것 같습니다."

"마족이라……!"

"규모가 작아 보입니다. 최하급이나 하급 마족 정도겠죠."

그 말에 유저들의 눈에 욕심이 어렸다.

"먼저 잡는 사람이 임자입니다. 가죠!"

"우와아아아아!"

마계 포인트를 얻기 위해. 모두 전력 질주했다. 마을을 돌아다니던 최하급 마족 몇 마리가 당황스러운 표정으로 방어했다.

"크어어억!"

그러나 유저의 수가 너무 많았다. 마을이 순식간에 쓸려 나갔다.

"어떻게 인간 녀석들이……!"

뒤늦게 마을의 관리자인 하급 마족이 등장했지만, 그 혼자할 수 있는 건 아무것도 없었다. 무수한 유저들의 공격에 흔적도 없이 사라졌다.

"자, 바로 출발합니다! 스켈레톤으로 정찰한 결과, 멀지 않은 곳에 마을이 또 있다고 하는군요. 갑시다."

"우오오, 가자아아아!"

"무혁 님, 최고!"

이동하는 도중, 마주치는 유저들.

"어, 저기……."

"네?"

"저희도 같이 움직여도 될까요."

"물론이죠."

그들 역시 대열에 합류했다. 함께 작은 마을 하나를 파괴했다.

다시 나아가고 또 유저와 합류를 한다.

반복되는 과정. 유저의 숫자는 늘어만 갔고, 서서히 등장하는 마을의 규모 역시 커졌다. 덩달아 놈들을 사냥하고 얻는 경험치와 마계 포인트 역시 증가했다.

선순환의 연속이었다.

　

해당 소식이 홈페이지에 전해졌다.

[제목 : 어서 마계로 가서 무혁 님 대열에 합류하세요!]

[내용 : 지금 무혁 님이 지휘하는 부대에 들어가서 꿀 빠세요! 유저가 엄청나게 많은데 하루에도 마을 몇 군데나 부서뜨리고 다닌답니다!

저도 포함되어 있다요! 완전 저레벨인데도 뒤에서 그냥 공격 퍼부으면 마계 포인트랑 경험치 어마어마하게 먹습니다! 본래 사냥터에서 사냥할 때보다 몇 배는 더 빨라요! 게다가 포인트 쌓아서 소켓 뚫고 보석 박으니까 신세계……! 이건 진짜 미친 거예요!]

   └나도 무혁 님이랑 다니는 중인데ㅋㅋㅋㅋ

   └오, 얼굴 봤겠네요ㅋㅋ

   └그럴지도!

   └와, 이 정도로 좋아요?

   └네! 미친 수준이에요!

   └이거 리얼임. 구라 1도 안 섞임.

   └허, 나도 당장 간다!

   └고고고고!

각종 인증 글이 올라왔다. 동영상 역시도.
해당 영상을 본 유저 다수가 무혁을 찬양했다.

   └와, 저기 최하급 마족 일부러 안 죽이는 거 보임?

   └그러네. 왜 안 잡죠?

   └다른 유저한테 주는 거임 마계 포인트랑 경험치 먹으라고.

   └헐, 대박……!

   └진짜요……?

   └ㅇㅇ, 가끔 하급이나 중급은 공격하는데 나머지는 별로 공격도 안

함. 길 가면서 나타나는 마물도 전방에 있는 놈만 주로 잡고. 좌, 우측 면에 있는 마물은 대부분 유저들이 사냥함. 덕분에 마계 포인트, 레벨 업. 둘 다 굿굿.

└캬, 미쳤네……!

홍보 효과가 제대로 먹힌 걸까. 마계로 떠나는 유저가 늘어났다. 마을을 하나씩, 처리하고. 틈틈이 휴식을 취하면서 이동하는 무혁을 따라잡기 위해서 그들은 열심히 달렸고 며칠이 지났을 무렵, 합류할 수 있었다. 매일매일, 숫자가 늘어났다.

"어우, 뭐 이렇게 많아."

"우와! 오빠. 5천 명은 넘을 것 같아."

성민우와 예린의 말에 무혁이 웃었다.

"더 많아져야지."

"허, 여기서 더?"

"어. 마왕을 사냥해야 하니까."

"아, 그랬지."

최상급 마족의 강함은 충분히 알기에 성민우도 수긍했다.

"뭐, 그래도 빠르게 성장 중이니까 대공까지는 무난하지 않으려나."

"그러면 좋고."

성민우와 예린. 두 사람 모두 최근 소켓을 상당 부분 뚫고 보석을 박았다. 자연스럽게 성민우의 정령과 예린의 늑대 전부가 강해졌기에 한결 수월하게 사냥을 하는 중이었다. 김지연의 경우에는 보조적인 버프의 계수와 치유량이 크게 증가했다.

"지금처럼만 가자고."

분위기가 상승세를 탔다. 기세를 더욱 끌어올리기 위해서라도 진군해야만 했다.

"마을 보입니다!"

마침 적당한 규모의 마을이 등장했다. 거리가 가까워지면서.

"오오……!"

유저들 모두 기대 어린 표정을 짓는다. 지금까지 부서뜨린 자그마한 규모와는 궤를 달리했기 때문이었다.

적어도 소도시급 이상. 보다 더 강하고. 보다 더 많은 마족이 존재하리라.

"속도 높입니다!"

선두에 선 무혁 역시 미소를 지으며 달려 나갔다. 최소로 잡아도 소도시의 규모. 그러나 성벽 자체는 상당히 허술했다. 아무 방해도 없이 내부로 진입하여 돌아다니는 최하급, 하급, 그리고 중급 마족을 사냥했다.

"크어어어억!"

순식간에 비상음이 울렸다.

띠이이이.

그러자 어디선가 상당한 규모의 마족이 등장했다.

"인간이 어찌……!"

그중에 한 명이 기세를 피웠다.

구오오오오.

공기가 크게 떨면서 울어댔다.

어느새 내려앉는 공기. 어깨를 은근하게 짓누르기 시작했다. 유저들이 자리에 섰다. 고개를 돌려 기세를 뿌리는 마족을 눈에 담는다. 그 눈에 미미한 공포가 서린다. 그 정도로 놈이 뿜어대는 압박감이 무거웠기 때문이었다. 순간 전투가 멈추자 상급 마족은 비릿하게 웃으며 앞으로 나아갔다.

"어떻게 온 건지는 모르겠지만, 모두 죽어줘야겠다."

그때 한 명의 유저가 나섰다.

"드디어 나왔네."

최상급은 아니지만, 그래도 마계 포인트가 상당하리라. 무혁은 상급 마족이나, 최상급 마족만큼은 누구에게도 양보해 줄 생각이 없었기에 곧바로 놈에게 달려들었다.

한낱 인간 따위가 다가오는 모습에 비웃는 상급 마족.

"죽어라."

휘둘러진 손에서 검은 기운이 흩날렸지만.

스윽.

가볍게 피한 무혁의 검이 어느새 놈의 눈을 찔렀다.

[크리티컬이 터집니다.]

[21,210의 대미지를 입힙니다.]

[속성 타격(8,484)이 발동합니다.]

[38,178의 추가 대미지를 입힙니다.]

[속성 타격(15,271)이 발동합니다.]

상급 마족이 괴성을 내질렀다.

"크아아아아악!"

최상급 마족이 아닌 이상 긴장할 필요조차 없었다. 검을 뽑아낸 후 반대쪽 눈에 검을 꽂아 넣었다. 스킬이 먼저 터지고 이후 풍폭으로 인한 데미지. 더불어 속성 타격까지 추가되니 공격 하나하나의 피해량이 일반 상위 랭커의 필살 기술과 맞먹는 수준이었다.

[크리티컬이 터집니다.]

[21,210의 대미지를 입힙니다.]

[속성 타격(8,484)이…….]

갑옷이나 투구로 보호되지 않는 눈만 집중적으로 공격했다.

"크아아아아악!"

몇 번 공격하지 않았음에도 상급 마족은 몸을 부르르 떨면서 주저앉았다.

털썩.

그러곤 힘없이 늘어졌다.

[상급 마족 처치 1/5]

압도적인 모습에 유저들은 환호와 함께 남은 중, 하급 마족을 밀어붙였다. 그 모습을 바라보며 무혁은 아쉬움에 혀를 찼다.

아직 부족해.

최상급 마족을 어서 상대하고 싶었다. 그래야 빠른 성장이 가능하기에.

"30분 뒤에 출발하겠습니다."

조금만 더 가면 분명히 나오리라. 그날을 기대했다.

며칠 뒤. 드디어 왕국에 버금가는 규모의 성이 등장했다.

"오오……!"

저곳이라면 최상급 마족이 반드시 존재할 터.

속도를 높여 달려갔다. 그러나 지금까지와는 상황이 달랐다. 일단 성벽이 존재했다. 더불어 성문이 있었고, 그 앞을 마족 병사가 지키고 있었다. 거리가 꽤 멀었음에도 벌써부터 경고음이 고막을 울려댔다.

삐이이이!

성벽 위로 모습을 드러내는 마족들. 숫자가 상당했다.

거리가 어느 정도 좁혀졌을 무렵.

후우우웅.

각종 기술이 날아들었다. 유저들 모두 각자의 방법으로 스스로를 지켰다.

"성스러운 방패!"

무혁과 일행은 예린이 지켜줬다. 그녀의 스킬은 마법사의 실드보다 훨씬 안정적이었다. 날아드는 각종 기술이 새하얗게

빛나는 막에 부딪히더니 힘없이 소멸되었다.

스르륵.

마기에 강력하다고 해야 할까. 덕분에 거리낌 없이 전진할 수 있었다.

"역시 우리 지연이가 최고라니까."

"나만 믿어, 오빠……!"

둘의 애정행각을 무시한 채 앞으로 달려갔다. 예린은 자연스럽게 옆으로 붙었고 성민우와 김지연은 그제야 대화를 멈추고 무혁을 허겁지겁 쫓아갔다.

"야, 같이 가!"

"왜 이렇게 느려?"

"아, 진짜!"

무혁은 희미하게 웃으며 정면을 쳐다봤다.

성벽 위의 마족들. 시선을 떼지 않은 채 시위에 화살을 걸었다.

풍폭, 갉아먹는 화살 비.

빠르게 활을 집어넣고 검을 꺼냈다.

풍폭, 쏟아지는 검.

비처럼 쏟아지는 화살과 무수한 검날이 성벽 위 마족 다수를 쓸어버렸다. 거기서 멈추지 않고 연속으로 범위 스킬을 하나 더 사용했다.

풍폭, 백호검법 제 3초식, 백호참.

반달의 검기가 다시 한번 다수를 쓰러뜨렸다.

스윽.

다시 검을 집어넣고 활을 꺼냈다.

파바바방!

엄청난 속도로 연사하여 마족 무리를 처단했다. 그러다 화살을 어렵지 않게 막아내는 마족 한 놈을 발견했다.

"인간 따위가 감히!"

무심히 놈을 겨냥했다.

풍폭, 파천궁술 제 3초식, 파천사.

강한 힘이 실린 화살 한 대.

거대한 폭발이 일어났다. 고함을 외치던 마족은 먼지가 되어 사라졌다. 그에 침묵이 감돌았다. 성벽 위에서 마기를 뿌리던 하급 마족들도 경악한 표정으로 주춤거렸다.

"뭐, 뭐야……?"

"단장님이 한 방에……!"

뒤늦게 등장한 중급 마족 무리가 다시 공격을 퍼부었지만 이미 분위기가 넘어온 상태였다. 유저들은 함성을 외치며 달려들었다. 그 와중에 죽어 나가는 유저도 많았으나 누구도 멈추지 않았다. 가장 선두에서 앞장서는 무혁의 등만을 쫓아갔다.

성문에 도착한 무혁의 공격.

콰아아앙!

앞을 지키는 마족은 이미 죽었고, 굳건하게만 보이던 성문이 크게 흔들렸다. 뒤이어 도착한 다른 유저들 역시 성문을 두드렸다.

쾅, 콰아아앙!

계속되는 공격에 성문에 금이 가기 시작했다.

"더, 더!"

"공격 퍼부으라고!"

금은 점차 커졌고.

끼기긱.

끝내 공간이 벌어지더니 부서져 내렸다.

"쓸어버려어어어!"

드디어 내부로 진입한 유저들. 상당한 숫자의 마족들이 그들을 맞이했으나 실력의 차이가 컸다. 유저가 마족을 압도하고 있는 그때, 저 멀리서 흡사 기사단과 같은 위용의 마족 무리가 등장했다. 자연스럽게 그들에게로 시선이 옮겨졌다.

구우우웅.

한눈에 봐도 범상치 않다는 걸 알 수 있었다.

"최상급 같은데?"

"그런 거 같네."

마계에서 처음 마주하는 최상급 마족.

한 놈인가.

선두에 위치한 지휘자가 최상급이었고 그 뒤에 위치한 스무 명은 상급으로 추정이 되었다. 엄청난 전력이었지만 무혁에겐 그저 맛있는 먹잇감일 뿐이었다.

"소환수 흡수."

오랜만에 소환수 흡수를 사용했다.

스팟.

엄청난 속도로 놈에게 부딪혀 갔다.

왕국 규모의 성 하나를 쓸어버리고. 더 나아가 그보다 조금 더 큰 규모 두 곳을 처리했다. 그 이후부터는 다시 소도시 규모의 크기가 나타났고 더 나아가니 마을 규모 수준으로 줄어들었다. 남쪽 지역을 완전하게 벗어나 중립 지역과 가까워진 탓에 벌어진 현상이었다.

"아쉽긴 한데, 일단 중립부터 장악하자고."

"오케이!"

성민우와 예린, 김지연은 애초에 그렇게 하기로 결정을 내렸기에 문제가 없었다. 아머나이트1이 말한 중립지역을 확인하고 그곳을 지배하는 게 최우선 과제임을 그들 역시 알고 있었기 때문이다. 그것이 마왕을 죽이는 가장 지름길이라는 사실도. 그러나 눈앞의 이득만을 좇는 것이 유저이기에, 서서히 그들에게서 불만이 터져 나왔다.

"왜 더 한가한 곳으로 가는 거죠?"

"제 목적지가 그곳입니다. 아마 더 한가해질 겁니다."

"음, 저희는 사냥을 하러 온 건데……."

"저는 중앙으로 이동할 겁니다."

"별수 없네요. 저희는 그럼 이제 따로 갈게요."

"그러세요."

유저들이 이탈하기 시작했다.

"저희도 따로 움직이겠습니다. 지금까지 감사했습니다."

"저희도 이만……."

"지금까지 고생했습니다."

대부분이 그룹에서 나갔다. 그러나 끝까지 남은 이들도 있었다. 대표적인 예로 블랙 길드. 혁수는 계속해서 무혁과 함께하기를 원했다.

"전 계속 함께 있고 싶은데……."

"레벨업 속도도 느려질지도 모르고, 포인트 모으는 것도 힘들어질 텐데요."

"괜찮습니다."

"저야 같이하면 좋죠. 실력자가 많을수록 마왕을 처리하는 속도도 빨라질 테니까요."

"그럼 앞으로도 잘 부탁드립니다."

"저야말로."

남은 이들을 눈에 담았다.

"다들 고맙습니다. 그럼 다시 이동하죠."

숫자가 줄어든 덕분에 속도는 한층 빨라졌다.

다시 소규모 마을이 나오고 최하급 마족 몇 놈을 처리했다.

"바로 출발하죠."

무수한 마물을 쓰러트리기를 반복하며 얼마나 더 나아갔을까. 지금까지와는 분위기가 확연하게 다른 기이한 장소에 도착했다.

[중립지역, A1구역에 들어섰습니다.]

중립지역……!

급히 아머나이트1을 불렀다.

"내곽 2구역이라고 했던가?"

-그렇습니다.

"조금만 더 가면 되겠네."

목적지가 머지않았다.

중립지역. 가능만 하다면 그곳을 지배하여 휘하 마족을 거느릴 작정이었다. 그렇기에 지금 당장 눈에 보이는 작은 마을은 그냥 지나치기로 했다. 저곳이 무혁의 지휘하에 놓일 수도 있는 일이었으니까.

동쪽의 마왕이 대공을 불렀다.

"인간이 마계로 넘어왔다. 느꼈나?"

"그렇습니다, 마왕님."

"이미 몇 곳은 피해도 입은 것 같더군. 군사를 일으켜 인간을 죽여라."

"알겠습니다!"

마왕의 성에서 나온 대공, 바록은 휘하의 최상급 마족 다수와 자신의 힘을 부여받은 인간 한 명을 불러들였다.

가장 먼저 도착한 사내. 그는 다름 아닌, 다크였다. 랭킹 2위의 유저. 한때는 성기사였으나 지금은 어둠기사가 된 자.

"늦었습니다, 대공."

"가장 빠르니 걱정 말아라."

바록이 다크를 바라보는 눈빛이 일렁거렸다.

"허허, 너에게 기대가 크다."

"감사합니다!"

"덕분에 최상급에서 대공에 손쉽게 오를 수 있었지만, 아직 멀었다. 더 높은 자리를 나는 원한다. 그러기 위해서라도 지금 보다 더 빠르게 성장해야 할 것이다."

바록과 다크. 그들은 시기와 운이 맞아 특수한 계약을 맺을 수 있었다. 계약의 내용은 단순했다. 바록은 다크에게 힘의 일부를 사용할 수 있게 해줬다. 그렇다고 바록이 지닌 힘 자체가 약해지는 건 아니었다. 다크가 스킬을 사용할 때마다 마기가 조금씩 줄어들 뿐이었다. 그보다 더 빠르게 마기가 차올랐기 에 아무런 문제도 없었다.

다크는 성장도의 일부를 넘겼다. 다크의 레벨이 오를수록 바록은 그 힘의 일부를 전이 받아 쉽게 강해질 수 있었다. 바 록이 강해지면 그 힘의 일부를 사용하는 다크 역시 조금 더 강해졌다. 서로에게 득이 되는 존재였다.

"물론입니다. 걱정하지 마십시오."

다크는 자신감으로 가득했다.

"그래, 기대하지."

"예!"

조금 기다리니 최상급 마족이 등장했다.

"늦었습니다!"

"그래, 정말로 늦었구나."

"한 번 더 이런 일이 벌어지면 목을 베어주마."

"죄, 죄송합니다!"

"모두 자리에 앉도록."

무거운 분위기의 원형 탁자. 대공, 바록이 입을 열었다.

"인간이 쳐들어왔다."

"인간이 말입니까?"

"그래. 아직 소식이 전해지지 않은 것으로 보아 거리가 꽤 있는 것으로 추정이 된다. 하지만 이미 상당한 피해를 입었을지도 모르지."

"으음……!"

바록의 표정이 사나워졌다.

"알겠지만 중간계 침공은 실패했다. 결코 인간을 무시할 수 없다는 소리다. 그러니 전력을 다해 준비하여 인간 사냥을 시작하라."

"반드시 쓸어버리겠습니다!"

"서두르도록."

"예!"

최상급 마족, 그리고 다크가 몸을 일으켰다.

파바밧.

각자의 방향으로 멀어진 그들은 즉시 사냥을 준비했다.

생각보다 빨리 외곽 구역에 도착한 무혁과 일행.

"조용한데?"

"마물도 거의 없고."

한 마디로 휑한 공간이었다. 그러나 알 수 있었다. 홀로그램이 현재 위치가 외곽 구역임을 알려줬기에.

"가다 보면 알겠지."

"고고!"

멈추지 않고 나아갔다. 그러던 중 사방에서 기척이 느껴졌다.

"인간?"

숫자는 그리 많지 않았다.

"인간이 어떻게 여길?"

"뭐지, 너희는?"

몇 명이 어이없다는 표정으로 다가왔다. 그러나 이내 스산한 표정과 함께 입꼬리가 올라갔다. 마계에서 볼 수 없는 인간을 직접 마주하고 있자니, 호기심과 더불어 장난기가 발동한 것이다.

"허, 당황스럽긴 한데 갖고 놀기엔 딱 좋겠네."

"좀 골려볼까."

"쉽게 죽이지는 말자고. 마물은 죽이는 재미도 없지만, 인간은 다를 거 아냐."

"흐흐. 내 발바닥이나 핥게 해줘야겠어."

그들의 모습에 무혁은 실소했다.

"큭."

기껏해야 하급 마족일 뿐이면서 저런 소리를 하니 우스웠다. 근처에 있던 성민우와 함께하던 무수한 유저들 역시 피식하고 웃었다. 그 반응에 외곽을 지배하는 무리의 분위기가 한껏 사나워졌다.

"웃어……?"

"인간 놈들이 정신이 나갔구나!"

"전부 쓸어!"

하급 마족들이 거리를 좁혀왔다. 그 순간 원거리 유저들의 스킬이 다가오는 녀석들에게 뿌려졌다.

"헙……!"

생각보다 강한 기운에 흠칫하는 마족 무리들. 이내 날아든 각종 공격을 막아내거나 피하기 위해 발악했다. 그러나 무수한 폭격에 휩쓸린 대부분이 허망하게 목숨을 잃었다. 폭발이 멎으면서 드러난 광경.

"으, 으으……."

겨우 살아남은 마족 몇 마리만이 고통스레 신음을 흘렸다.

"마, 말도 안 돼……."

"인간이 어찌……!"

그들은 이어진 공격에 녹아버렸다.

고요해진 공간. 유저들은 어이없다는 표정으로 걸음을 재촉했다. 순식간에 외곽 구역을 관통했다.

이어 도착한 내곽 1구역. 그곳에서 등장한 중, 상급 마족도 깔끔하게 처리했다.

[내곽 2구역에 들어섭니다.]

홀로그램과 함께 드러난 공간.

"이제야 좀 시작하는 것 같은데?"

"그러네."

성벽은 아니었으나, 상당한 규모의 마을이었다.

그때, 아머나이트1이 나섰다.

"아, 여기라는 건가?"

마침 등장한 마족들.

"어? 뭐야……?"

스켈레톤을 알아본 중급 마족 하베라가 고개를 갸웃거렸다. 인간들이 워낙에 많아서 경계하면서도 스켈레톤으로 인해 어찌해야 할지 갈피를 잡지 못하고 있었다. 고민하던 그는 일단 경계를 나타내는 폭죽을 터뜨렸다.

파아앙!

순식간에 마족들이 나타났다.

"뭐야, 무슨 일이야!"

"내곽 1구역 새끼들이라도 쳐들어온 거 아냐?"

그 뒤로 코르크와 보쿠마가 보였다.

"엥?"

"인간……?"

무혁은 손을 들어 유저들을 제지했다. 그저 가만히 지켜봤다. 잠시간의 대치가 이어지던 중. 코르크가 나섰다.

"크흠, 인간인가?"

"왜 알면서 물어보는 거지?"

무혁이 코르크의 질문을 질문으로 받아쳤다.

"아니, 뭐. 그건 그러네. 아무튼, 그 스켈레톤하고는 무슨 사이야?"

"그러는 넌?"

"우리는 동맹이랄까, 친구랄까."

무혁이 웃었다.

"내 소환수인데?"

"어? 소환수라고……?"

"그래."

코르크는 물론이고 모인 마족 전부가 침묵했다. 꽤나 충격적인 사실이었으니까.

"진짜로?"

"당연히. 아무튼, 잘됐네. 여기 중립구역이라던데, 맞나?"

"맞긴한데……."

"마왕이 없다는 것도?"

그 질문에 코르크가 미간을 좁혔다.

"무슨 말을 하고 싶은 거야?"

"아, 간단해."

무혁이 코르크와의 거리를 좁혔다.

"내가 해보려고. 그 마왕이란 거."

"미친놈. 인간 따위가?"

그 순간 코르크에게 접근했다.

소환수 흡수, 윈드스텝.

소환수의 스탯 일부가 들어찼다.

파바밧.

엄청난 속도에 코르크가 뒤늦게 반응했다.

"흡……!"

그러나 이미 검날이 목에 닿았다.

"부족하려나?"

"뭐, 내 소환수랑 동료라고 하니 기회를 주려고. 맹세라는 게 있다던데."

"그것도 저 해골이 말해준 건가?"

"잘 아네."

"하……."

"아니면 여기서 다 죽던가."

사실 이들을 죽이고 싶진 않았다. 무혁도 힘이 있어야 했으니까. 그 힘은 휘하에 존재하는 무수한 병력에게서 나오는 법. 그 병력이 마족이라면 더욱 좋을 터였다. 그들은 분명 일반 유저들이 모르는 것들을 알고 있을 테니까.

"젠장. 알았어, 알았다고."

코르크가 양손을 들었다.

"네가 빠른 건 알겠는데, 단지 그것만으로는 부족하다고."

"그럼?"

"제대로 싸워는 봐야지!"

순간 코르크가 손톱을 휘둘렀다.

카가각.

가볍게 검면으로 막아냈다.

"아, 제기랄."

막혀도 너무 쉽게 막혔다. 이어진 무혁의 공격이 코르크의 미간에 날아든다. 꿰뚫기 직전에 공격을 멈췄다.

코르크가 놀라며 뒤로 훌쩍 물러났다. 더 이상 시험은 의미가 없었다.

"미안, 미안. 항복!"

그가 어색하게 웃었다.

"뭐, 그렇다고 치고. 다른 녀석들은?"

무혁의 질문에 코르크가 뒤를 돌아봤다.

"보쿠마, 어쩔 거야?"

"맹세한다. 딱 봐도 최상급 수준이야."

"그치?"

오발루트 역시 고개를 끄덕였다. 그는 더 절실히 느꼈다. 특히, 무혁이 힘을 제대로 발휘하지 않았다는 것도 깨달았다.

어쩌면, 대공 수준. 그 정도라면 무법 도시를 감당할 수 있으리라.

"오발루트는?"

"저야 두 분을 따를 뿐입니다."

"흐흐, 뭘 안다니까."

웃음 짓던 코르크가 무혁을 쳐다봤다.

"쩝. 맹세하면 되지?"

"그래. 100년이면 적당하겠지."

한숨을 길게 쉬던 코르크와 보쿠마, 그리고 오발루트.

셋이 무혁에게 맹세를 했다.

"나 코르크는……."

"나 보쿠마는……."

"나 오발루트는……."

100년이라는 시간. 마족에겐 결코 길지 않았기에 그들은 속으로 크게 만족했다. 뒤이어 중, 하급 마족까지. 상당한 숫자였기에 무혁도 만족스러웠다.

"좋아, 그럼 내곽 2구역부터 좀 돌아볼까?"

"제가 모시죠. 헤헤."

코르크가 어느새 태도를 달리하며 무혁을 안내했다. 그 모습을 지켜보는 일행과 함께하던 유저 전원이 속으로 웃었다.

"와, 근데 설마 마족이 충성을 맹세할 줄은 몰랐네."

"무혁 님이잖아."

"역시 뭔가 다르다니까."

"근데 이러다 진짜 중간지역 점령하는 건가?"

"못 하란 법은 없지."

"크, 그럼 마계 중간지역으로 유저들 엄청 모이겠는데?"

"그렇겠지."

"일단 여기서 힘을 기르고 마왕 없애면 되겠구만."

"시나리오 좋고."

무혁을 믿고 따른 유저들. 앞으로의 일을 기대하며 내곽 2구역을 훑었다. 그들의 눈동자가 반짝였다. 1차 목표가 눈앞에 생긴 덕분이었다.

중간지역의 점령. 그것을 위해 움직여야 할 때였다.

코르크와 보쿠마, 그리고 오발루트.

그들에게서 중간지역에 대한 상세한 설명을 들었다.

"내곽 3, 4, 5구역을 거쳐야 진짜 중간지역, 무법 도시가 나온다는 거야?"

"바로 그겁니다."

"현재 거기를 지키는 녀석은 최상급 마족이고."

"그렇죠."

"대공은 없고?"

"아직은 없습니다. 그치, 오발루트?"

"예."

무혁, 성민우, 예린, 김지연. 네 사람이 고루 질문을 던졌고 코르크는 고민의 기색도 없이 대답했다. 덕분에 제대로 상황을 파악할 수는 있었다.

"다만, 중간지역에는 최상급 마족만 일곱이라……."

"흐음."

"뭐, 내곽 5구역까지 점령하면 우리 전력도 증가할 겁니다."

"좋아. 일단 가보자고."

"당장 준비할까요?"

"준비해."

"알겠습니다!"

코르크가 마족을 모두 불러들였다. 대기하던 유저도 낌새를 눈치채고는 서둘러 정비를 마쳤다. 곧이어, 무혁이 출발을 알렸다.

"이른 시일 내로 내곽 5구역까지 점령할 겁니다. 출발하죠."

머뭇거릴 이유가 없었다. 그렇다고 과하게 서두를 필요도 없었다.

적당히, 넉넉하게. 틈틈이 충분히 휴식도 취해줬고 나타나는 마물도 사냥했다. 그러다 내곽 4구역에 진입했다는 홀로그램을 발견하고는 걸음을 멈췄다.

그리 멀지 않은 곳. 상당한 규모의 도시가 보였다.

"내곽 3구역 수준은?"

"상급 마족 열. 중급이 대략 오십. 하급이 백 정도입니다."

오발루트가 대답했다.

"별거 없네."

"크흠. 벼, 별게 없어요?"

"어. 가자."

"아, 예……."

코르크는 떨떠름한 표정이었으나 이미 맹세를 한 바, 무혁의 명령을 거부할 수 없었다. 걱정스러운 마음에 다른 인간들을 쳐다봤지만, 그들도 비슷한 분위기였다.

"몇 명 안 되네."

"그러게."

"쩝, 점수도 얼마 못 벌겠다."

"무혁 님! 무법 도시까지 논스톱으로 가시죠!"

"갑시다!"

무혁은 그들의 말을 한 귀로 흘리며 지시를 내렸다.

"쓸어버리죠."

소환수와 마족.

그리고 수천의 유저가 달려갔다.

"우와아아아아!"

함성이 내곽 3구역을 뒤덮었다.

잠시 후. 폐하가 되었다고 해도 과언이 아닐 정도로 망가져 버린 3구역의 내부.

"크윽……!"

살아남은 마족이 한자리에 모였다. 하급 마족은 대다수 죽었다. 유저들의 첫 공격을 제대로 막아내지 못한 까닭이었다. 그래도 중, 상급 마족은 일부 살릴 수 있었다.

"그래서, 대답은?"

"맹세…… 하겠습니다."

그들의 맹세를 받게 된 무혁. 쉼 없이 4구역으로 향했다. 그곳에서는 최상급 한 녀석과 상급 스물 정도를 휘하에 맞이했다.

"출발!"

5구역에서도 역시 최상급과 마주쳤다. 숫자는 둘.

"호오."

소환수 흡수를 사용해 두 녀석과 공방을 주고받았다. 이미 중, 상급을 정리한 유저들은 그런 무혁의 전투를 감상했다.

"크, 대단해."

"우린 언제 저렇게 되려나."

"왜? 여기 좋잖아. 포인트 모아서 소켓 뚫고."

"보석도 박고."

"하루하루 강해지는 게 느껴지잖아."

"그건 그렇지. 그래도……"

무혁의 전투는 격이 달랐다.

"저 정도까진 못할 것 같은데?"

"쩝, 그건 동감."

하지만 그래도 충분히 강해질 수 있다는 확신은 있었다.

쾅, 콰아아앙!

그 사이 전투가 막바지에 치달았다.

"후우."

동작을 멈춘 무혁. 솟구치던 기세가 아래로 내려서면서 바람을 사방으로 날려 보냈다. 공간을 잠식하던 먼지가 깔끔하게 흩어졌다. 그제야 무릎을 꿇은 최상급 마족 둘이 보였다.

"이제 인정하겠지?"

그러나 최상급 마족은 단호했다.

"죽여라."

"겨우 100년의 맹세인데?"

"죽여라."

무혁이 미간을 찌푸렸다. 이내 별수 없다는 듯 검을 휘둘렀다. 굳이 설득할 필요는 없었다.

무법 도시. 그곳에도 최상급 마족은 많을 테니까.

고개를 돌려 한 놈을 쳐다봤다.

"넌?"

"저는, 맹세하겠습니다."

"좋아."

"나, 마텐타는……."

그렇게 또 최상급 마족 한 놈을 휘하에 받아들였다.

등을 돌려 유저를 바라봤다.

"모두 고생했습니다. 오늘은 쉬고 내일, 무법 도시로 출발하겠습니다."

마왕이 없는 지역, 무법 도시. 이곳을 지배하기 위한 마지막 관문 하나만을 남겨둔 상황이었다.

to be continued